おジャ魔女どれみ16

原作：東堂いづみ　著：栗山 緑

講談社ラノベ文庫

イラスト／馬越嘉彦《うまこしよしひこ》
デザイン／出口竜也（竜プロ）

目 次

第一章
春爛漫（はるらんまん）

そよ風に乗って、桜の花びらが一枚ひらひらと部屋の中に舞い込んできて、あたしの左肩に落ちた。

たぶん、隣の家の庭で、葉桜になりかけている桜の木から飛んできたんだよ、きっと。

なんか、いい感じ。

——なんて言ってる場合じゃない！

鏡に映る自分の姿に、ツッコミを入れながら、あたしはまだ片方しかできていないお団子ヘアを見て、溜《た》め息《いき》をついた。

あっ、お団子ヘアはないか。

あたしのこの髪形、シニヨンって言うんだよ。知ってた？

「小学校の頃《ころ》は、五分もあれば、セットできたのに……」

愚痴りつつも、顔が自然にニヤけてくる。

今日は久しぶりに、美空《みそら》第一小学校のみんなと会えるんだもん。そりゃあ、嬉《うれ》しくもなるってわけさ。

そう、今日は美空第一小学校の六年一組、二組の卒業生が集まる同級会が開かれるのさ。

あっ、いけない。

ここまで読んでくれた読者の皆さんの中には、あたしを知らない人もいるよね。

改めて自己紹介しちゃうね。あっ、知ってる人は飛ばしていいからね。

ちぃーっす、はじめまして。あたし、春風《はるかぜ》どれみ！

先月、美空《みそら》市立美空中学校を卒業して、優秀な成績で県立美空高等学校に入学することが決まってる、世界一幸せな十五歳の美少女でーす！

今でこそ、普通の女子高生なんだけど、昔は『魔女見習い』としてブイブイ鳴らしてたんだよ。

『魔女見習い』っていうのはね、魔女になるために修行している人のことなんだ。

なぜ、『魔女見習い』になったかというと、あたしが小学校の三年生になった頃《ころ》、MAHO堂っていう魔法グッズを販売する店に偶然入った時、そこの店主の巻機山《まきはたやま》リカさんことマジョリカを、〝魔女〟だと見抜いちゃったわけさ。

その途端、マジョリカは『マジョガエル』っていう、カエルとも尺取り虫ともつかない奇妙な生き物に変わっちゃったんだよね。

それは、魔女界の先々代の女王様がかけた『マジョガエルの呪《のろ》い』のせいでさ、「魔女だ」って見破った人間が『魔女見習い』になって、九級から始まる見習い試験を受けていき、一級に合格して、魔女にならない限り、解けない呪いだったんだ。

あれこれあって、魔女になる資格を得て、マジョリカを元の魔女の姿に戻すことはできたんだけど、あたしや大親友で魔女見習い仲間の藤原《ふじわら》はづきちゃん、妹尾《せのお》あいこちゃん、瀬川《せがわ》おんぷちゃん、飛鳥《あすか》ももこちゃんや、妹のぽっぷと相談して、魔女にはならなかったの。

魔法が使い放題になる魔女にならなかったのは、理由があるんだ。それはね……。

「どれみ――っ！　何やってるの⁉　早くしないと同級会、遅れちゃうわよ――っ！」

階段の下から、お母さんの大声が聞こえてきた。慌てて目覚まし時計を見ると、10時40分。

あっちゃ～、同級会は11時だった！

あたしは再び、鏡に向かい、もう一方のシニヨンを作り始めた。

また顔がニヤけてくる。

早くみんなに会いたいなぁ。

卒業式以来、会ってない子も何人もいるんだよね。中学が違ったり、美空市から引っ越したりした子とはね。

ちなみに、大親友で、カレン女学院に入学した、はづきちゃんとは、中学は別々だけど、毎週土曜日に、お互いの家や図書館なんかでよく会ってるんだ。

大阪に帰ったあいちゃんとは、去年、中学の修学旅行で四国に行く途中、おじいさんの具合が悪いのに、わざわざ新大阪駅まで来てくれて、会うことができたんだよ。

その後、おじいさんは、あいちゃん一家に看取《みと》られて、天国に旅立ったみたい。

一時は、絶縁関係にあったのに、あいちゃんの努力で、家族みんなで住むようになったのに、二年も経《た》たないうちに亡くなるなんて、人生って、分からないよね。

でも、あいちゃんが言うには、

「最期は、ホンマ穏やかなええ顔やった」

そうで、お母さんも最期まで看護して、親孝行ができたので、大きく落ち込むことがなかったって言ってた。

ニューヨークに行っているももちゃんとは、当然、丸三年間会ってないけど、二日に一回はメールでやりとりしてる。残念だけど、今日は欠席。

瀬川おんぷちゃんとは……半年前までは、ケータイで連絡を取り合っていたんだけど、今年に入ってから、理由は分からないけど、まったく連絡が取れなくなっちゃってるんだ。最後に会ったのは、もう一年くらい前になるな。

今日の同級会も、早々と欠席の返事が戻ってきたって、二組の副幹事をやってるはづきちゃんが言ってた。

おんぷちゃん、どうしちゃったのかなぁ。心配だなぁ。

そういえば、あいちゃんも、出欠の返事が届いてないらしいんだよね。この間、ケータイで話した時、

「もちろん、絶対行くで！」

って、話してたのに。まあ、あいちゃんのことだから、返事を出し忘れてるだけだと思うんだけど。

最後に、ハナちゃんだけど……マジョリカがMAHO堂を閉めて、ララやドドらの妖精《ようせい》達と一緒に魔女界に帰ってからは、一度も会ってない。

中学に入った頃《ころ》、はづきちゃんと会うたびに、ハナちゃんの話題になるんだけど、最後はいつも二人して涙ぐんじゃうから、今はもう、禁句にしてるんだ。

当然、魔女界に同級会のハガキが届くはずもなく、住所不明で欠席扱いになってる。

ハナちゃん、どうしてるかなぁ。

今頃《いまごろ》、後見人のマジョリカのもとで、魔女界の次期女王になるために頑張って勉強してると思うんだけど……。

その時、またお母さんの声がした。

「どれみ――っ！　遅刻したって知らないわよ――っ！」

「はい、はい、ただいま！」

あたしは、はづきちゃんとお揃《そろ》いのピンクのポシェットを肩に掛けて、猛スピードで部屋を飛び出した。

階段を駈《か》け降《お》りようとした時、ピンで留めたシニヨンが解けそうになっちゃって、

「わっ！」

思わず、階段を踏み外して、

「うわぁあああ―――っ！」

転げ落ちた。

「いたたた……」

不様な姿で目を回していると、

「まーた転げ落ちたの～？　高校生になってもちっとも変わらないね、お姉ちゃんは」

リビングからお父さん、お母さんと一緒に出てきた妹のぽっぷが、バカにしたような顔で言った。

「なにさ、その言い方！　それが高校生のお姉ちゃんに対して言う言葉⁉」

あたしが睨《にら》みつけると、ぽっぷときたら、

「よく言うわよ。はづきちゃんに勉強見てもらって、ギリギリの成績で高校に受かったくせに！」

ギクッ！　せっかく、優秀な成績で受かったって言ったばっかりなのに……とほほのほ。

すみません、あたし、嘘《うそ》ついてました。

ぽっぷの言うとおり、去年の秋から受験前日まで、高校受験がないはづきちゃんに、勉強教えてもらってました。あははは……。

「怪我《けが》はないようだな。高校生になってもどれみはどれみか。はははははは」

お父さんが笑いながら起こしてくれた。

「あら、久しぶりね。お団子ヘアにしたんだ」

さすが、お母さん。娘の変化にはすぐ気づいてくれる。

「それがさぁ、三〇分もかかってセットしたのに、崩れちゃって……」

「それで遅くなってたのね。髪の毛、短くなっちゃったから、難しかったでしょ？　お母さんに任せて」

シャキシャキシャキシャキーン！

お母さんは秒速で、シニヨンを直してくれた。

「おっ、可愛《かわい》いじゃないか。お父さんは好きだぞ、そのお団子頭」

「シニヨンって言うんですけど……」

あたしがちょっと頰《ほお》を膨らませた時、ぽっぷがまた憎まれ口をきいた。

「中二の時、好きな人にフラれて、髪を切ったのに、またどうしてシニヨンなんかにしたのさ？」

ギクギクッ！　忘れようとしていた心の傷に、塩を塗り込むようなことを！

あたしが反論しようとした時、お母さんが、

「どれみ、遅刻よ、遅刻！」

「わっ、いけない！」

慌てて靴を履いていると、お父さんが身を乗り出してきて、

「ちょっと待て！　お父さんは聞いてないぞ、好きな人がいたなんて！　どれみ、誰《だれ》だよ、そいつは⁉」

「いいから、いいから！　もう、そんな昔のことは聞かないの。それより、今朝、あなたの部屋を掃除していたら、見たことない新品の釣《つ》り竿《ざお》を見つけちゃったんだけど……」

「ギクゥッ！」

「ゆっくり話し合いましょう」

お母さんが、お父さんの耳を引っ張り、リビングのほうへ連れて行ってくれたお陰で、古傷はそれ以上痛まずに済んだ。

◇

「ぽっぷの奴《やつ》、ホント生意気なんだよね」

同級会が開かれる美空《みそら》第一小学校に続く通学路を走りながら、あたしは独り言を言っていた。

ぽっぷったら、うちの家計は今、火の車だっていうのに、よりによって、カレン女学院

に進学しようとしてるんだよ。

カレン女学院といえば、中・高・大学一貫教育の学校で、特に、はづきちゃんが入った音楽科は、先生や教授陣が著名な音楽家で、卒業生には、プロの作曲家や演奏家がたくさんいるんだけど、私立だし、授業料が高いんだよね。

一時の渓流釣りブームも去り、フライフィッシングのライターをしていたお父さんは仕事が減り、最近では、海釣りの記事も書くようになってるし、お母さんも、自宅で幼稚園児達にピアノを教えて、家計の足しにしてるってのに。

そのお陰で、お父さんも自由に海釣りの釣《つ》り竿《ざお》が買えなくてボヤいてた。

でも、買っちゃったんだね……。

今頃《いまごろ》、お母さんにこっぴどく怒られてるんだろうなぁ。

唯一の救いは、あたしが公立高校に入れて、授業料が安くて助かったことくらいかな。

でも、ぽっぷにはピアノの才能があるから、それはずっと続けてほしいと思ってる。

まあ、カレン女学院に受かったらの話だけどね。

なんせ、あたしと同じで、あの両親のＤＮＡを受け継いでるわけで、お受験に相当苦労してるみたい。

そういえば、五年生から担任が関《せき》先生になったんで、お母さんもぽっぷも心強いと思うんだけど、受験ばっかりは、本人の実力だからね。

あっ、確か、関先生もカレン女学院の卒業生だった。

よーし、同級会に行ったら、関先生に頼んで、なんとかカレン女学院に入学できるように、ぽっぷにハッパをかけてもらおうっと。


日当たりの良い高台にある美空《みそら》第一小学校の校庭の桜は、すべて葉桜になっていた。

四月になったばっかりなのに、なんか寂しい。

ま、今年は暖冬で、例年に比べて開花が早かったから、仕方ないか。

——なんて、余裕かまして、景色を眺めてる場合じゃなかった。

校舎の正面玄関の上の時計台の針は、11時を少し回っていた。

やばっ、遅刻だ！

あたしが息を切らせて、旧六年一組の教室に駈《か》け込《こ》んだ時だった。

「アウト！」

というみんなの大きな声が響いた。

「な、な、何よ、それ〜〜っ⁉」

あたしが、情けない顔で頭をかいていると、玉木麗華《たまきれいか》が、

「春風《はるかぜ》さん、高校生になっても、少しも変わっていませんのね」

嫌味ったらしく言った。

玉木《たまき》～～っ！　変わらないのは、あんたもだよ！

と、突っ込もうと思ったけど、遅刻したあたしが悪い。ここは、グッと堪《こら》えて、

「いやいや、どうもどうも」

と大人の対応。

「春風《はるかぜ》も来たことだし、そろそろ始めようか」

「はーい！」

あたし達は、昔どおりの席順に座り始めたが、

「関《せき》先生！」

と、横川信子《よこかわのぶこ》ちゃんが手を挙げた。

「横川、どうしたんだ？」

「授業を受けるんじゃないんだから、机を『コ』の字に並べて、みんなの顔が見えるようにしたら、いいと思います」

「信子ちゃん、ナイスアイデア！　先生、そうしようよ！」

あたしが、すぐに同意すると、次々と賛成の声が上がり、みんなで、机と椅子《いす》を持って、関先生を囲むように、移動した。

なぜか、信子ちゃんは、あたしの横に来た。

ももちゃんもハナちゃんも欠席で、話し相手がいないんじゃないかって心配してたくらいだから、あたしとしては、ホッとしたんだけど、なんか変な感じがした。

何が変なんだ？

そうだ！　みほちゃんだよ。

信子ちゃんの横には、いつだって丸山《まるやま》みほちゃんがいたよ。

二人は、小学五年生のクラス替えで、一緒になり、小説家志望で妄想が大好きな信子ちゃんと、漫画家志望で引っ込み思案だったみほちゃんがコンビを組んで、笑いあり、涙あり、サスペンスありの面白い漫画を連発して、あたし達を楽しませてくれたんだよね。

中学生になっても、二人のコンビは絶好調で、あちこちの少女漫画雑誌に投稿して、入選はしなかったんだけど、佳作にはよくなってたんだ。

二人なら絶対プロになれると思ったのに、どうしちゃったんだろ……。

気になったんで、あたしは、あたし達から一番離れた席に座っているみほちゃんをチラッと見た。

みほちゃんは俯《うつむ》いてたけど、信子ちゃんが気になるのか、一瞬、こちらを見た。

だけど、あたしの視線に気づき、再び俯いてしまった。

信子ちゃんとの間に、何かあったのかな？

あたしは、いつものように、お節介ぐせが頭をもたげ、信子ちゃんに尋ねようとした時だった。

突然、教室後ろの扉が勢いよく開かれ、懐かしい顔が飛び込んできた。

「遅うなってすんまへーん！　みんな、元気やった？」

大親友のあいちゃんだった。

「あいちゃん、お久しぶり！」

あたしが駆《か》け寄《よ》るより早く、信子《のぶこ》ちゃんがあいちゃんに抱きついた。

「信《のぶ》ちゃん、元気そうやな！」

うにうに頬《ほお》ずりしてくる信ちゃんを引き離すと、あいちゃんは、あたしの横に来て、

「どれみちゃん、高校合格おめでとさん！」

「ありがとう！　イエーイ！」

あたし達は笑顔でハイタッチした。

「心配してたんだよ、出欠のハガキは戻ってこないし、連絡もつかないからさあ」

「ごめん、ごめん。いろいろとゴタゴタしてたもんやから。そやけど、電話で言うてたやん。『必ず行く』って」

「そうだけどさあ……ま、いいか」

その時、関《せき》先生の咳払《せきばら》いが聞こえてきた。

あいちゃんは、慌てて関先生を見て、

「あっ、関先生《せき》。遅うなってすんません」

関先生は苦笑しながら、

「そうじゃなくてさ。妹尾《せのお》、お前、卒業した時、何組だった?」

「六年二組ですけど……」

途端に、玉木《たまき》が立ち上がり、

「妹尾さん、ここは六年一組ですわ!」

「あ――――っ!」

あいちゃんは、顎《あご》の骨が外れるんじゃないかと思うくらい大きな口を開けて、驚きの声を上げた。

たちまち、教室は爆笑の渦に包まれた。

しかし、そこは浪花《なにわ》ッ子のあいちゃん。

「お呼びでない? お呼びでない? こりゃまた失礼いたしやした!」

クレイジーキャッツの古いギャグを飛ばしたが、ウケたのは関先生だけで、みんなポカーンとしていた。

「あは、あははは。なんや、クレイジーキャッツの伝説のギャグを知らへんの」

「妹尾、古すぎるんだよ」

関先生に突っ込まれ、照れ笑いしたあいちゃんは、

「ほな！」

猛然と教室を飛び出していった。

しばらくすると、隣のクラスからも、大きな笑い声が聞こえてきた。恐らく、あいちゃんが、教室を間違えたことを話したんだろう。

あいちゃんって、やっぱすごいよね。一瞬のうちに、空気を変えるパワーがあるんだよね。

後ではづきちゃんから聞いたんだけど、二組では、欠席したおんぷちゃんの暗い話題で、イマイチ盛り上がってなかった同級会も、あいちゃんのお陰で、ガラリと明るい雰囲気になったって言ってたもん。

あっ、あいちゃんの話はまた後にして、あたし達の同級会も大いに盛り上がった。

関《せき》先生がまず、あたし達に、中学校時代の思い出や近況を、一人一人に尋ねてきた。

「それじゃ、誰《だれ》から話してもらおうかな」

「出席番号順がいいと思います」

すかさず、学級委員だった林野《はやしの》まさとくんが答えた。

「えーと、出席番号一番は……？」

関先生が、一同を見渡したんで、

「飛鳥《あすか》さんです」

と、答えたのは、出席番号二番の伊東《いとう》こうじくんだった。

「ももちゃんとは、ずうっとメールで連絡取り合ってるんですけど、お父さんの会社が中国で大きなプロジェクトの仕事を引き受けることになって、秋に日本に戻ってくるんだって」

あたしが報告すると、男子達から歓声が上がった。ちょっと天然系だけど、なんでも一途なところがあるももちゃんは、男子達に人気があるんだよね。

そんなわけで、出席番号二番の伊東くんから、近況報告が始まった。

みんな、関先生が知らない中学時代の思い出や、入学した高校のことや、最近ハマっていることなどを順番に話した。

その中で、一番みんなの興味を引いたのは、小竹《こたけ》だった。

小学生の時は、あたしより背が低くて、ただのおバカキャラだったくせに、中学になった途端、背が高くなって、今じゃなんと一八〇もあるんだ。

おまけに、中学時代はサッカー部のキャプテン兼エースストライカーになっちゃって、下級生の女の子からモテたっちゅーか、なんちゅーか……。

そして、よりによって、このあたしをフッたんだよ！

詳しいことは後で話すけど、今日も、あたしが教室に入ってきてから、一度も視線を合わせようとしないんだ。

小竹《こたけ》の奴《やつ》……！

ごめん、ちょっと私情を挟みすぎだよね。

あたしとは違い、関《せき》先生は、とびっきりの笑顔を浮かべながら、成長した教え子達の話に耳を傾けていた。

そんな中で、関先生の表情が、一度だけ曇ったことがあったんだ。

あたしも気になっていた丸山《まるやま》みほちゃんが、漫画研究部がある私立の高校に合格したことだけを話し、

「中学時代は、何も面白いことがありませんでした」

と言って、話を打ち切ってしまった時だ。

信子《のぶこ》ちゃんと、中学時代も一緒に漫画を創作していたのに……。

あっ、そういえば、信子ちゃんは、あたしと同じ美空《みそら》高校だ。

どうして、みほちゃんと一緒じゃないの？

後で、ちゃんと訊《き》いてみよう。

◇

「どれみちゃん、一組の同級会、どやった？」

一組、二組合同の二次会はカラオケで、そのお店で一番大きな部屋に入るなり、あいちゃんが尋ねてきた。

「まあまあかな」

と、あたしが曖昧《あいまい》に答えていると、

「何言ってんのよ、春風《はるかぜ》さん！　小学校の卒業式の話題で大盛り上がりだったじゃない！」

近くで、みんなの写真を撮っていた島倉《しまくら》かおりちゃんが、眼鏡をずり上げながら、仲間に加わってきた。

「それって、どれみちゃんがＭＡＨＯ堂に籠城《ろうじょう》した話？」

同じく、眼鏡のレンズをキラリと輝かせながら、はづきちゃんも加わってきた。

「そら、盛り上がるわな！　あんな前代未聞の卒業式、一生忘れへんわ」

「かおりちゃん、余計なこと言わないでよ～！　さっき、みんなに散々からかわれたばっかなんだから」

一組のクラス会の後半は、卒業式の話題で本当に盛り上がってしまって、あたしは本当に恥ずかしかったよ。

その時、関先生と二組の担任だった西澤《にしざわ》先生の歌声が聞こえてきた。

西澤先生は、関先生より一年早く結婚して、現在、育児休暇中。今日は赤ちゃんを連れて、出席したんだよ。

幸せな二人がデュエットしたのは『お嫁サンバ』だ。初めは、西澤《にしざわ》先生に無理矢理引っ張られて唄《うた》わされていた関《せき》先生も、だんだん調子に乗ってきて、最後は、一緒にダンスしながら唄い、大喝采《だいかっさい》を浴びた。

それからというもの、西澤先生のワンマンショーになりかけたけど、赤ちゃんが泣きだしたため、泣く泣くマイクを手放したことから、次から次へとみんなが唄いだした。

その間に、佐川《さがわ》ゆうじくん、太田《おおた》ゆたかくん、佐藤《さとう》じゅんくんのSOSトリオと、杉山《すぎやま》豊和《とよかず》くん、小倉《おぐら》けんじくんのトヨケンコンビの寒いギャグ合戦も入り、大いに盛り上がったんだけど、あたしとはづきちゃん、あいちゃんは、部屋の隅で、ガールズトークに花を咲かせていた。

口火を切ったのは、あいちゃんだった。

「どれみちゃん、小竹《こたけ》とは最近どうなん？」

あたしは一瞬答えるのを躊躇《ちゅうちょ》したが、あいちゃんが心配して尋ねてくれたのが分かるので、重い口を開けた。

「どうもこうもないよ。あれっきり、音沙汰《おとさた》無し……」

「そうなんや……そやけど、なんで、いまさら小竹にラブレター渡したん？」

「それは、私のせい……」

はづきちゃんがすまなそうに言った。

「はづきちゃんのせいじゃないよ」

あたしはすぐに打ち消した。


詳しい話をすると、中学二年生の秋、あんまりはづきちゃんと矢田《やだ》まさるくんが仲良くしているので、ぼやいたのがことの始まりだったんだ。

「いいよなぁ……。どうして、あたしには、素敵な彼氏ができないんだろう。あたしには、女子力がないのかな」

「そんなことないわ。どれみちゃんの素晴らしいところをちゃんと見てて、どれみちゃんのことを好きだと思ってる男子がいるじゃない」

「うそぉ!?　誰《だれ》、誰、誰っ!?」

「本当に分からないの？」

「全然」

「本当、鈍感なんだから……」

はづきちゃんは痺《しび》れを切らせて、あたしが卒業式をボイコットして、ＭＡＨＯ堂に立《た》て籠《こも》った時の話をした。

「みんながどれみちゃんを説得した時、小竹《こたけ》くんも、一生懸命説得してくれたこと、覚えてる？」

「確か、小竹は……クラスのみんなはあたしのことが大好きだ、って言ってたような」

「その前の言葉よ。小竹くんは、初め『俺は』って言いかけて、照れくさくなって、『ここにいるみんなは』、お前のことが大好きだって言ったのよ」

「そ、それじゃあ、小竹は、あたしのことを？」

「ええ、ずっと好きだったのよ。そのことは、クラスの全員が知ってたわ」

「そうだったのか……。そういえば、小竹の行動で、引っかかってたことがあったんだよね」

「修学旅行の時でしょ？」

――はづきちゃんが、すかさず尋ねてきた。

「う、うん……清水寺《きよみずでら》の帰りの坂で、小竹が捨てたバナナの皮に、あたしが滑って転んだ時」

「あの坂で転ぶと、三年後に亡くなるって伝説があったのよね」

「そうそう。あたしがビビった途端、確か、小竹もわざと転んだんだよね」

「怖がっていたどれみちゃんを励まそうとしたのよ」

「そうかあ……。そういえば、ドジばっか踏んで落ち込んで、関《せき》先生に相談した時も、小竹の奴《やつ》、こっそりついてきたもんなぁ。班が違うのに」

「それに、みんなでキャンプに行った時、足を挫《くじ》いたどれみちゃんを背負ってくれたじゃない、小竹くん」

「そんなことあったなぁ……。そうか、小竹の奴、本当にあたしのことを……」

それから、あたしは、小竹のことを意識するようになり、自然と、彼の姿を目で追うようになった。

すると、小学校時代、ふざけてばかりいて、あたしのことをいつもからかっていた小竹とは、別人に映り始めたんだ。

いつの間にかあたしより背は高くなっていたし、サッカーに打ち込む小竹が、徐々にかっこよく見えてきたんだよね。それに、その周りを見ると、下級生の女の子達も、熱い目で小竹の動きを追っているのに気づいた。

あたしは急にそわそわし始め、その晩、徹夜で、自分が鈍感だったことを詫《わ》び、『付き合ってください』と手紙に書いて、翌日、海岸に小竹を呼び出して、手渡したんだ。

ところが、待てど暮らせど、返事はなく、その後、小竹はサッカー部のキャプテンになって、忙しくなり、中三の時、クラスも替わってしまったため、ギクシャクしたまま、今に至ってるってわけ。

あいちゃんは、あたしの話を聞き終えると、

「そやったんか……一年半も返事をくれへんなんて、いくらなんでもおかしいんとちゃう？」

同情するように、あたしを見た。

あたしはまるで、悲劇のヒロインのような溜《た》め息《いき》をつき、言った。

「あたしは完全にフラれたんだよ」

だけど、はづきちゃんは、サッカー日本代表の応援歌、『翼をください』を熱唱する小《こ》竹《たけ》を見ながら呟《つぶや》いた。

「私は違うと思うんだけどな……」

「なんでやねん！　一年半やで？」

あいちゃんがすかさず尋ねた。

「どれみちゃんは完全にフラれたと思ってるみたいだけど、私が思うに、小竹くんって、どれみちゃんと同じで、恋愛にはシャイなところがあるから、驚いちゃったんじゃないかしら？」

「ん？　……ああ、それはありそやなぁ」

「たぶん、返事を言おう言おうと思ってる間に、時間が過ぎちゃったとか……？」

「そやったら、あたしが返事訊《き》いてくるわ！」

あいちゃんが小竹に向かって行こうとしたんで、あたしは慌てて腕を摑《つか》んだ。

「ちょ、ちょっと待ってよ！　あたしのことはもういいからさ、あいちゃんはどうなの？」

「何がどうなん？」

「有馬《ありま》くんだよ」

「なんや、アンリマーか。あんな奴《やつ》、とっくにフッてもーたわ」

「フッたぁあああ⁉」

あたしとはづきちゃんが同時に叫んだ。

「ど、どういうこと？」

「中一の頃《ころ》は、ボケツッコミが上手《うま》くいって、結構ええ付き合いやったんやけど、アンリマーときたら、ボケ役なのに、あたしにツッコミばっかり入れよってからに」

あいちゃんは拳《こぶし》を握り締め、怒りを露《あら》わにした。

「その挙げ句、『将来、俺達は結婚するんや！』って言いふらしよんねん。さすがにブチ切れて、フッてもうたわ！」

「そ、そ、そんな理由で……」

はづきちゃんが呆《あき》れ顔《がお》で呟《つぶや》いた。

「それじゃあ、今、あいちゃんは誰《だれ》とも付き合ってないの？」

「今はこっちに夢中やから、恋愛は当分お預けや」

あいちゃんは両手を振り、走る仕草をした。

そういえば、あいちゃんは、中学校では陸上部に入り、大阪府の大会に出て、一〇〇メートル走で優勝し、全国陸上大会でも三位入選をしたんだよ。

スポーツ万能のあいちゃんだけど、ようやく、本当にやりたい競技が見つかったみたい。

「じゃあ、高校に入っても、陸上を続けるんだ」

「もちろんや！ さっき、美空《みそら》高校の顧問の先生に、入部届を出してきたところや」

「へえ……ん？ い、今、なんて言った⁉」

「だから、入部届を出してきた」

「その前だよ！」

途端に、はづきちゃんがクスクス笑いだし、

「あいちゃん、どれみちゃんにはまだ話していなかったの？」

「そやったなぁ！ どれみちゃん、あたし、美空市に戻ってくんで！」

「え――――――――っ⁉」

あたしのあまりの大声に、カラオケルームにいた全員が、あたしに注目した。

カラオケを中断された玉木《たまき》が、

「せっかくのわたくしの美声を、台無しにしないでください！」

と、睨《にら》みつけてきた。

「ご、ごめん、ごめん！」

あたしは玉木にペコペコ頭を下げると、あいちゃんとはづきちゃんの手を摑《つか》んで、カラオケルームを出て、ロビーに移動した。

「あいちゃん、美空市にまた戻ってくるって本当なの⁉」

「ほんまや！」

「やったあ！」

あたしはあいちゃんに抱きついた。

「しかも、どれみちゃんと同じ美空高校なんて、羨《うらや》ましいわ」

はづきちゃんが心底羨ましそうに言った。

「でも、急にどうしたの？　この前、電話で話した時は、全然そんなこと言ってなかったよね」

二人と共に、ソファに腰掛けると、あたしが尋ねた。

「急に決まったんや」

あいちゃんは、その経緯を話してくれた。

なんでも、あいちゃんのお母さんが勤めていた老人介護施設が、今月の中頃《なかごろ》に美空市《みそら》に隣接する街に、新しい施設をオープンさせることになって、あいちゃんのお母さんは、そこの主任を任されたんだって。

当然、あいちゃんのお父さんも、以前働いていた玉木《たまき》のパパが経営するタクシー会社に、再就職することを決め、一家揃《そろ》って、美空市に引っ越してきたんだってさ。

そのお陰で、大親友のあいちゃんと楽しい高校生活を一緒に送れるんだもん、嬉《うれ》しいったらありゃしないよ。

あたしがニヤニヤしていると、あいちゃんが、はづきちゃんに矢田《やだ》くんとの交際ぶりを聞き出していた。

「それがね……」

はづきちゃんが、大きな溜《た》め息《いき》をついた。

「順調に付き合ってたんやないの？」

「順調、順調。至って、順調っすよ」

いつもラブラブの二人に当てつけられているあたしが、たまらず答えた。

「順調は順調だけど、どれみちゃんには分からない悩みというか、不満もあるのよ」

はづきちゃんが、眉間《みけん》にしわを寄せて反論した。

はづきちゃんが通うカレン女学院は、男女交際に厳しく、二人だけで会うことは禁じられていた。

だから、矢田くんがはづきちゃんの自宅に来ることが多かったんだけど、たまに矢田くんの家にはづきちゃんが行く時は、はづきちゃんのママか、ばあやさんが付き添いとしてついてくるんだってさ。

「相変わらずはづきちゃんとこは、過保護やねんな」

「でも、二人は仲いいし、それくらいなら、別にどうってことないじゃん」

「どうってことあるわ。たまには二人きりでデートもしてみたいの！」

はづきちゃんが語気を荒げた。

すかさず、あいちゃんが悪戯《いたずら》っぽい笑みを浮かべ、

「二人きりでデートして何すんねん。ひょっとして、あんなことやこんなことがしたいんか」

「あ、あんなことや……こんなこと⁉」

はづきちゃんが、ゆでだこのように顔を真っ赤にした。

「何真っ赤になってんのさ！　一緒に映画を観たり、遊園地に行ったりするんじゃないの」

あたしがとぼけて言うと、あいちゃんも、

「あたしもそのつもりでゆうたんやけど、はづきちゃん、別のこと考えてたんとちゃう？」

「あ、いや、その、私は……」

慌てまくるはづきちゃんを見て、あたしとあいちゃんは思いきり吹きだして、お腹《なか》を抱えて笑いだした。

「もう、どれみちゃん、はづきちゃんも一緒に笑いだした。

怒りながら、はづきちゃんも一緒に笑いだした。

「なんか小学校時代に戻ったみたいだね」

あたしが言うと、二人も笑いながら頷《うなず》いた。

◇

結局、同級会は二次会でお開きとなり、集合写真を撮って、次の同級会を、二十歳になる五年後に決めて、先生やみんなと別れた。

話し足りないあたし、はづきちゃん、あいちゃんは、あたしの家に来ることになった。

川沿いの道を歩きながらも、あたし達はお喋《しゃべ》りを続けていた。

夕陽が川面に反射して、あたし達の顔を朱色に染めていた。

カラオケ店からここに来るまで、あたし達は音信不通になっている瀬川《せがわ》おんぷちゃんの話をしていた。

あいちゃんも、あたしやはづきちゃんと同じように、半年前までは普通にケータイで話したり、メールのやりとりをしていたけど、今年に入ってすぐに、連絡が途絶えてしまったんだって。

「どれみちゃん達に会えれば、事情が分かるんやないかと、思うたんやけど……」

「こっちも同じだよ」

「こんな時、魔法が使えれば、すぐに調べられるのにね」

はづきちゃんが、ポツリと言った。

「魔女になるのをやめたんだから、仕方ないよ」

あたしが真顔で言うと、はづきちゃんは慌てて、右手を振って、

「冗談よ。冗談」

「いや、今のは、半分は本音やね」

「えっ?」

はづきちゃんは驚いて、あいちゃんを見た。

「ははっ、実は、あたしも同じこと考えたんや」

「なんだ、あいちゃんもか」

「『あいちゃんもか』ってことは、どれみちゃんも？」

はづきちゃんが眼鏡をずり上げながら尋ねてきた。

「ピンポン、ピンポン」

あたしだって同じさ。魔法って、ほんとに便利だもんね。

橋を渡り、なだらかな坂道を登りきった時だった。突然、冷たい風が吹いてきたかと思うと、あたし達の目の前を、三つのタンポポの綿毛が通り過ぎていった。

理由は分からないが、何か胸騒ぎがした。

「タンポポ？」

あたしは呟《つぶや》くと、三つの綿毛を目で追った。

綿毛は、坂の反対側の斜面をゆっくり舞い降りていった。

「えっ⁉　嘘《うそ》っ⁉」

思わず、あたしが叫んだ。

「どうしたの？　どれみちゃん」

背後ではづきちゃんの声がした。

「二人とも、あれを見て！」

「え？　あれって……」

あたしの指差す先を、二人は目で追うと、なんとそこには、七年前、初めてマジョリカ

に出会った時と同じ、ＭＡＨＯ堂の建物が建っていた。

「ああ――っ!!　嘘《うそ》――――っ!!」

今度はあいちゃんが叫んだ。

確かに、そこはＭＡＨＯ堂があった土地だが、マジョリカ達が魔女界に帰ってからは、建物は取り壊され、更地になっていた。

「あたし達、夢でも見てるんか？」

そう言うと、あいちゃんは、自分の頰《ほお》を指で抓《つね》った。

「痛っ！　夢やない！」

「どういうこと!?」

「どうもこうもないよ！　行ってみよう！」

あたし達は無我夢中で駈《か》けだすと、近くの橋を渡り、坂を下り、ＭＡＨＯ堂の前にやってきた。

店の看板には、『マキハタヤマ　リカの魔法堂』と書かれていた。

「この看板や建物って、七年前のＭＡＨＯ堂のものだよね？」

あたしが、尋ねると、はづきちゃんとあいちゃんは無言で頷《うなず》いた。

その時だった。

ＭＡＨＯ堂の玄関の戸が、音を立てて開くと、懐かしい人物が出てきた。

なんと、マジョリカ、本人だった。

第二章
MAHO堂開業

あたし達が、MAHO堂の前に到着した時、三つのタンポポの綿毛が、クルリと回った風見鶏《かざみどり》に煽《あお》られて、店の天窓に吸い込まれるように入っていった。

マジョリカが玄関から出てきたのは、まさにその時だった。

「マジョリカ！」

あたしの大きな声に、マジョリカは一瞬、驚きの表情を浮かべたが、すぐにみるみる相好を崩した。

「どれみ！　おおっ、はづきに、あいこじゃないか！　懐かしいのう！」

あたし達は駈《か》け寄《よ》り、マジョリカと抱き合って、三年ぶりの再会を喜び合った。

マジョリカのヘアスタイルは、相変わらずあたしと同じシニヨンだったが、白髪がチラホラ見え隠れしていた。

ちょっと老けたんじゃないの……と喉元《のどもと》まで出かかったが、あたしはグッと堪《こら》えて、飲み込んだ。

そんなこと言ったら、絶対マジョリカにど突かれるもんね。

あたしはにんまり微笑《ほほえ》んでいると、突然、疑問が湧《わ》いてきた。

「マジョリカ、どういうこと？　ハナちゃんを魔女界の女王様にするまでは、向こうに行ってるんじゃなかったの？」

「…………」

マジョリカは眉間《みけん》に皺《しわ》を寄せて、不機嫌そうな表情に変わった。

押し黙ったまま答えないマジョリカに、あたしより早く、あいちゃんが焦《じ》れた。

「魔女界で、何かあったんか？」

続いて、はづきちゃんも、

「ハナちゃんに何かあったんじゃ……？」

心配そうに尋ねた。

「……あんな奴《やつ》のことは知らん」

吐き捨てるように言って、マジョリカはそっぽを向いてしまった。

「あんな奴って何さ！　マジョリカは、ハナちゃんの後見人でしょう？」

あたしの指摘に、はづきちゃん、あいちゃんも大きく頷《うなず》いた。

「フン！　後見人は辞めたんじゃ」

「えっ、辞めた⁉」

あたし達は顔を見合わせ、さらに問《と》い質《ただ》そうとすると、

「いや、正確に言えば、ハナによって辞めさせられたんじゃ。つまり、クビじゃよ、クビ」

マジョリカは自虐的な笑みを浮かべながら言った。

「どういうことや⁉　それなら、今、誰《だれ》がハナちゃんの面倒、見てんねん？」

あいちゃんは、マジョリカの両肩を摑《つか》み、顔を覗《のぞ》き込《こ》むようにして尋ねた。

マジョリカが、その真剣な視線から逃れるように、顔をそむけた時だった。

「マジョルカよ」

という声と共に、玄関から小さな影がゆっくり飛んできた。マジョリカのお供の妖精《ようせい》、ララだった。

「ララ！」

「みんな、元気そうね」

「挨拶《あいさつ》は後、後。ララ、どうして、マジョリカがクビになって、マジョルカがハナちゃんの後見人になっちゃったの？」

あたしも心配になって尋ねた。

「それは……」

ララは、不機嫌そうなマジョリカをちらっと見ると、

「まあまあ、せっかく再会したのに、立ち話はないんじゃない。お店の中で、紅茶でも飲みながら話しましょう」

とウィンクをした。

「そうね。ちょっと冷えてきたし」

はづきちゃんがすぐに同意した。

確かに、四月に入ったとはいえ、夕暮れはまだ肌寒い。あたしは、川のほうから吹いてくる微風に、ぶるっと身震いをした。

「どれみちゃん、入ろっ」

あいちゃんに促されて、あたしもマジョリカやはづきちゃんの後に続いて、MAHO堂の中へ入っていった。


MAHO堂には、あたしがマジョリカと初めて出会った時と同じ、いかにも妖《あや》しげな魔法グッズが並んでいた。

ダージリンの心地良い香りが、薄暗い店内に漂っていた。

マジョリカもララも、紅茶だけは魔法で出さず、自分達でお湯を沸かし、カップをわざわざ温めて、一つずつ丁寧に淹《い》れてくれた。

この習慣は、二人が、あたし達と過ごした四年間で身に付けたものだ。

それまでは、紅茶でも食べ物でも、魔法を使って出していたもの。

マジョリカもララも、あたし達が魔法を使わず、愛情をこめて、哺乳瓶《ほにゆうびん》を煮沸消毒して、人肌の温かさのミルクを、ハナちゃんに飲ませていたのを、ちゃんと見ていたんだね。

やっぱり、紅茶も、もてなしの心遣いや、愛情をこめて淹《い》れたほうが、絶対おいしいよね。

そんなことを考えながら、身も心も温まったあたしは、ハナちゃんとマジョリカの間に、いったい何があったのか、ララに尋ねた。

「マジョリカは全然悪くないわ。悪いのは、ハナちゃんなのよ」

「なんですって!?」

まったく逆のことを考えていたあたしは、はづきちゃん、あいちゃんと顔を見合わせた。

ララの話によると、三年前、魔女界に帰ったばかりの頃《ころ》のハナちゃんは、毎日あたし達のことを想って、ベソをかくことが多かったんだって。

でも、マジョリカが、本当の母親のように、時には心を鬼にして叱《しか》ったり、またある時にはたっぷりの愛情を注いで接したりしたことで、徐々に泣かなくなり、魔法幼稚園にも元気に通い始めたらしいんだ。

「早くすべての魔法を覚え、女王に相応《ふさわ》しい魔女になれば、どれみ達といつでも会えるようになるからの」

マジョリカは、いつもこう言って、ハナちゃんを励ましていたんだって。

お陰で、ハナちゃんの魔法力はめきめきと上達して、今年、飛び級で、魔法小学校へ入学するまでになったそうなんだ。

最初は、ハナちゃんも喜んでいたんだけど、二月の初めの頃、急に魔法小学校へは行きたくないと言い出したんだって。

幼稚園の友達と別れるのが、嫌になって、駄々をこねているのかなと思って、マジョリカやララは、

「一年経《た》てば、幼稚園の友達のアタリメ子ちゃん達も、小学校へ入学してくるんじゃから」

「小学校に入れば、また新しいお友達ができるし、アタリメ子ちゃん達ともお友達なんだから、ハナちゃんは他の子より、倍もお友達が増えることになるのよ」

「それはとっても素敵なことじゃぞ」

と優しく説得して、ハナちゃんも納得しかけたんだけど、すぐにまた駄々をこね始めた。

それは、日増しにエスカレートしていき、みんなで住んでいた屋敷は、ハナちゃんの魔法で壊滅状態になったこともあった。

マジョリカの魔法で、屋敷はすぐに復元したものの、その日から、ハナちゃんは、マジョリカ達と一言も口をきかなくなってしまったんだって。

二人やハナちゃんのお供の妖精《ようせい》のトト、そして、あたし達の妖精だったドド、レレ、ミ

ミ、ファファ、ロロ、ニニは、ハナちゃんが反抗期になったんじゃないか、と話し合った。

それなら、反抗期が過ぎるまで、何があっても何をされても、我慢しようと誓い合ったんだけど……。

ハナちゃんは、赤ちゃんの頃《ころ》、オルゴールメリーになってくれ、あれほど仲が良かった妖精《ようせい》達にも、わざと辛《つら》く当たりだしたの。

マジョリカは、ハナちゃんの親友の白い象のパオちゃんを呼んできて、なんとか機嫌を直そうとしたんだけど、全然効果なかったんだって。

やむなく、マジョリカは、心を鬼にして、ハナちゃんを叱《しか》りつけたんだけど、これが逆効果。ハナちゃんは、マジョリカの大事な宝物をズタズタに壊してしまったの。

大事な宝物って分かるかな？

そう、ハナちゃんが母の日に、マジョリカにプレゼントした赤いリボンのカーネーションだったの。

さすがに、これには、マジョリカも堪忍袋の緒が切れて、ハナちゃんを怒鳴りつけ、お尻《しり》をピシパシ叩《たた》いたんだって。

マジョリカの気持ち、よく分かるよ。

あたしがそこにいたら、同じことしてるよ。

でも、それがまずかったみたい。

ハナちゃんは、泣きながらお城へ駈《か》け込《こ》み、赤く腫《は》れたお尻を見せて、マジョリカが体罰を与えたことを女王様に話し、後見人を替えてくれるように訴えたんだって。

ハナちゃんのことを、目の中に入れても痛くないほど可愛《かわい》がっていた女王様は、その日のうちに、マジョリカをハナちゃんの後見人の座から降ろし、新しい後見人を捜そうとしたらしいの。

それでも、女王様の世話係魔女のマジョリンが、マジョリカの言い分を聞いてからにしたほうが良いと、提案したんだけど……。

ところが、ハナちゃんは先手を打つように、よりによって、マジョリカの終生のライバルのマジョルカを後見人に指名したの。

しかも、それを認めないなら、

「ハナちゃん、新しい女王になんかならないもんね！」

と開き直る始末。

これには、女王様も困り果て、ハナちゃんの意見を聞き入れるしかなかった。

それでも、女王様は、マジョリカ達をこっそりお城に呼び寄せ、事情を聞こうとした。

ララやドド達が、悪いのはハナちゃんのほうだと言おうとした時、マジョリカは制《ふさわ》して、ハナちゃんに体罰をしたことを認め、自分よりマジョルカのほうが後見人には相応しいと、申し出た。

そして、人間界へ行って、またＭＡＨＯ堂を再び開業することを女王様に認めてもらうと、ハナちゃんの件に関しては、一言も弁解せずに、お城を後にしたというのだ。

ここまで、ララの話を聞いていたあたしは、ロッキングチェアーに腰掛けながら紅茶を飲むマジョリカを見た。

「マジョリカ、どうして、本当のことを女王様に話さなかったのさ？」

あたしの質問に、揺れていたロッキングチェアーが止まった。

「もう、ハナの話はやめよう。それより……」

マジョリカは、諦《あきら》めたような表情で、話題を変えようとした。

「そやけど、ハナちゃん、あたしらが知ってるハナちゃんやない」

「そうよ。きっと何か、他に理由があるんじゃないかしら」

あいちゃんとはづきちゃんは、話題を変えさせようとはしなかった。

当たり前だよね。

あたし達は、三年間、ハナちゃんのお母さんだったんだもんね！

「はづきちゃんの言うとおりだよ！　絶対何か理由が……」

あたしも文句を言おうとしたんだけど、意外にも、マジョリカは穏やかな表情に戻っており、

「心配するな。ハナに何かあったら、ドド達が知らせにくることになっとるんじゃ。なあ、ララ？」

と、ララに説明するように促した。

「ええ。本当は、ドド達もこっちに来たがってたんだけど、ハナちゃんの真意が分かるまでは、世話係として、向こうにいるように、マジョリカが説得したの」

「なんや、マジョリカもいいとこあるやん」

「うん、うん」

あいちゃんに、あたし達が同意した途端、

「うるさ――――いっ!!」

マジョリカの大声に、あたし達は、思わず椅子《いす》から転げ落ちた。

「わしはな、そりゃあ、血は繋《つな》がっておらんが、ハナやお前達のことは、自分の娘のように思っておるんじゃっ！　それくらいのことは、当たり前じゃわいっ！」

一気にまくし立てたマジョリカの言葉が、あたし達の心に、グサッと突き刺さった。

マジョリカには、昔、よく怒鳴りつけられたなぁ。

あたしは、はづきちゃん、あいちゃんと顔を見合わせると、一緒ににんまり微笑《ほほえ》んだ。

「な、何がおかしいんじゃ！」

マジョリカが睨《にら》みつけた。

「へへ、マジョリカに怒られるのって、久しぶりじゃん」

「だから、なんじゃ？」

「はは、なんや懐かしいような……」

「ふふ、嬉《うれ》しいような……」

「離れ離れにいた三年間が、あっという間に縮まって、昔に戻ったみたいじゃん」

「フン！　それは、お前らがまったく成長しとらんということじゃな」

マジョリカが憎まれ口をたたいた途端、

「マジョリカもなっ！」

と、あいちゃんの鋭いツッコミが飛んだ。

「ぷっ！」

と、ララが吹きだすと、あたし達は一斉に笑いだした。全員で心の底から笑った。

笑いすぎて、お腹《なか》が痛くなったところで、マジョリカがとんでもない提案をしてきた。

「お前達と初めて出会った時と同じように、わしとララは、ここで魔法グッズを売って、生活費を稼ごうと思っとるんじゃ」

「ほな、また『マキハタヤマ　リカの魔法堂』として、コツコツ稼いでいこうってわけやな」

「まあな。そこでじゃが、お前達に、また店を手伝ってもらおうと思っとるんじゃ」

「え──っ⁉」

あたし達は驚きの声を上げた。

「そんなにびっくりしなくてもいいでしょう。七年前、みんなに手伝ってもらった時のほうが、私達二人でやってた時より、一ヵ月の売り上げが三倍ほど増えたのよ」

「へえ、そんなに上がってたんや。あんまり実感なかったけどな」

あいちゃんが小首をかしげながら言った。

「確かに」

あたしとはづきちゃんも同意した。

「あの頃《ころ》は、あなた達も魔女見習いで、魔法を使うには、魔法玉が必要だったでしょう？　魔法玉って、すごく高かったのよ」

「ホント、あの頃は、くだらんことに魔法を使って、魔法玉をすぐ切らしおって」

「特に、どれみがね」

ララが苦笑しながら、あたしを見た。

「そ、そうだったかなぁ……」

そのとおりだったけど、あたしはすっとぼけた。

「まあ、そんなことはどうでもええ。それより、バイト代を出すから、店を手伝ってくれるな？」

マジョリカが尋ねた。

「あたしはええよ。ただし……」

「分かっておる。陸上部の練習が終わってからでええよ」

「えっ⁉ な、なんで、あたしが陸上やってんの、知ってんねん？」

「魔女界にいても、マジョリカの水晶玉で、時々みんなのことは見ていたのよ。ハナちゃんが見せてって言うもんだから」

ララが微笑《ほほえ》みながら言った。

「もう、ハナのことはええ。それより、あいこは、夕方から閉店までは手伝ってもらえるんじゃな？」

「うん。土、日は、競技会がない日は、いつでもOKや」

マジョリカは目を細めて、満足そうに頷《うなず》くと、

「そうか、そうか。はづきはどうじゃ？」

はづきちゃんは、ちょっと戸惑った表情を浮かべた。

「パパとママに相談しないと、すぐにはお返事できないと思うけど……」

「はづきちゃんは、ヴァイオリンのお稽古《けいこ》の他にも、いろいろ習い事があるんだっけ？」

ララが尋ねた。

「今は、ヴァイオリニストを目指しているんで、習い事はいっさいやめて、ヴァイオリン

一本の生活をしてるわ」

「おおっ！　それじゃあ、あいこより、時間は取れるんじゃな？」

「ごめんなさい。レッスンは月、水、金曜日なんだけど、他の日も自分で稽古しなきゃならないし、たぶん、土、日しか、来られないと思うわ」

「来てくれるだけでも助かるよ。平日は、どれみが頑張ってくれるから、大丈夫じゃ」

「な、な、なんですとぉ⁉　いつ、あたしがMAHO堂を手伝うって言ったのさ！」

あたしは、ムッとしてマジョリカに嚙《か》みついた。

「ん？　手伝わんと言うのか？」

「残念だけど、来週から友達の両親がやってるステーキハウスで、毎日夕方からアルバイトすることになってるんだよね」

あたしはきっぱり言ってやった。

「ひょっとして、ステーキハウスって、飯田《いいだ》かなえちゃんちかいな？」

あいちゃんが尋ねてきた。

「ピンポン！　時給九〇〇円で、週に一度は、まかないごはんで、ステーキを食べさせてくれるっていう、願ってもない条件なんだよね」

と言ってる最中にも、頭の中が肉汁たっぷりのステーキのイメージで一杯になり、涎《よだれ》が口の中から溢《あふ》れてきた。

これって、パブロフの犬ってやつ？

まあ、ステーキはそれほど、あたしを幸せにしてくれる最高の料理なんだよね。

その時、マジョリカが目に涙をうかべながら、あたしに訴えかけるように言った。

「お、お前って奴《やつ》は……あれほど面倒を見てやったわしよりも、ステーキのほうが大事だと言うのか⁉」

そうっすけど、何か？　と、言おうとしたが、それじゃ、身も蓋《ふた》もないので、

「そ、そんなこと言われても……」

あたしは視線を泳がせながら口ごもった。

「どれみちゃん、いくらステーキが好きでも、ひどすぎるわ！」

「あたしも、どれみちゃんのこと、見損なったわ！」

「そ、そこまで、言わなくても……」

さすがに、はづきちゃんとあいちゃんに言われては、引き受けざるを得ないよねえ。

とほほのほ……。

あたしの頭の中で、ステーキが暗黒の闇《やみ》の中へ消えていった。

「わ、分かったよ。やればいいんでしょう、やれば！　バイト代はきっちり払ってよね！」

ふてくされて言った。

「そうこなくっちゃっ！」

「これで、小学生の時みたいに、MAHO堂に集まって、ワイワイ楽しく過ごせそうね！」

「まあ、そうだね……」

確かに、はづきちゃんの言うとおりだよね。

目の前で、ララと抱き合って喜ぶマジョリカを見ながら、あたしも微笑《ほほえ》んでいた。

◇

翌日から、高校の入学式の前日まで、あたし達は、MAHO堂の開店準備に忙しかった。

『マキハタヤマ　リカの魔法堂』の看板は、昔と同じように、シンプルな『MAHO堂』に替え、店内も明るい壁紙に張り替えた。

魔法グッズの陳列棚やテーブル、椅子《いす》などの家具も、女子好みのカラフルな色を使ったポップなものにした。

昔もそうだったけど、マジョリカは薄暗くて、妖《あや》しげな雰囲気の店内にしたかったみたい。あたし達も当然知ってたけど、完全に無視というかスルー。

こっちは、ステーキを犠牲にして、働いてあげるんだもん。お店のインテリアぐらい自由にさせてもらっても、ＯＫっしょ！

だいたい、店の改装が終わりかけた頃《ころ》、聞き覚えのある歌声が聞こえてきた。

ベンチシートから突然、煙が吹きだし、現れたのは、問屋魔女のデラだった。

お金儲《もう》けの話を嗅《か》ぎつければ、たとえ火の中、水の中、トイレの中だってお構いなしにやって来て、なんでも売りつける商人の中の商人なんだよね。

「どれみちゃん、はづきちゃん、あいちゃん、お久しぶりねえ」

「ちぃーすっ」

「こんにちは」

「またお世話になります。よろしゅうな」

あたし達がデラと握手していると、マジョリカとララが、奥の部屋から出てきた。

「さすが、デラじゃな。魔女界でも、わしが人間界でまた商売を始めようとしているのを知っとるのは、ほんの一握りの魔女しかおらんというのに……」

「ほっほっほっ、問屋魔女のネットワークはすごいのよ。さっそくだけど……」

デラは、店内を見渡すと、

「ああ、以前やっていた魔法グッズを売るお店のようね。だったら、魔法粘土が必要ね。どれくらい置いていきましょうか？」

「そうじゃのう。とりあえず、三〇キロほど買っておくかのう」

「あと、魔除けやラッキーになるペンダント用のガラス玉とチェーンも欲しいわ」

マジョリカとララが、テキパキと魔法グッズに必要な材料や道具などを注文していくのを、あたし達は紅茶を淹《い》れ直しながら見ていた。

「しめて、これぐらいになるけど、どうかしら？」

デラが、電卓で出した仕入れ合計額を、マジョリカ達に提示していると、デラに紅茶を持っていったあいちゃんが、覗《のぞ》き込《こ》んだ。

「まあ、そんなもんじゃろう」

「そうね」

マジョリカとララが値段に納得しかけたところ、あいちゃんがツッコミを入れた。

「何言うてんねん！」

「ど、どうしたんじゃ、あいこ？」

「魔法粘土、高すぎや。七年前の仕入れ価格より、三割増しになってる」

「ギクッ！　そ、そうかしら……こんなもんじゃなかった？」

「いや、あたし、こういうことに関しては、記憶力めちゃええねん！」

あいちゃんは、なおもデラに迫った。

「そんなに言うなら、一割、サービスしちゃおうかしら」

「何が一割や！　どうせなら、これくらい、負けてや！」

あいちゃんが、電卓のキーを叩《たた》き、値切った。

「こ、こんなに⁉」

「負けへん言うなら、他の問屋魔女を呼んでもええんやで」

「わ、分かったわ。開店祝いってことで、出血大サービスだからね。支払いは、前と同じように月末よ。じゃ、じゃあ」

デラは、大きな溜《た》め息《いき》をつくと、煙と共に消えた。

「さすが、あいちゃんね」

はづきちゃんが感心して言った。

「よっ、浪花《なにわ》の商人！」

と、あたしが囃《はや》し立てると、

「おおきに、おおきに」

あいちゃんは、両手をスリスリしながら言った後、笑いだした。

「もう、あいちゃんったら」

はづきちゃんも笑いだし、またしても、店内が爆笑の渦に包まれた。

◇

高校の入学式の日がやってきた。

昨晩降っていた雨はすっかり上がり、上空は雲一つない青空が広がっていた。

やっぱ、あたしの日頃《ひごろ》の行いがいいからだよね。

我が家の庭に、カメラの三脚をセットし、ファインダーを覗《のぞ》いていたお父さんが、セルフタイマーのボタンを押した。

カメラの前では、あたしを中心にして、横のぽっぷ、後ろのお母さんが、すでにポーズを取っている。

お母さんの横に、駈《か》けてきたお父さんが、カメラのほうを向くと、

「いいか？　ハイ、チーズ！」

その声に合わせて、家族全員で笑ったところで、お父さんのお気に入りのライカが独特のシャッター音を響かせた。

我が家では、娘達の学校の入学式や卒業式には、必ず家族全員で、記念写真を撮るのが、習慣なんだよね。

「もう一枚、撮っておくか？」

と、お父さんが言った時、玄関のほうから、ぽっぷを呼びにきた同級生の女の子達の声が聞こえてきた。

「ごめん。あたし、もう行かなきゃ」

ぽっぷはランドセルを背負いながら、玄関のほうへ向かった。

「いってらっしゃい。車に気をつけるんだよ」

あたしの声に、ぽっぷは軽く手を挙げると、

「あたしの心配より、入学式でドジ踏んで、恥かかないでよ」

と、笑いながら駈《か》け去った。

「もう！　ぽっぷの奴《やつ》……！」

「まあまあ、あれでも、どれみのこと、心配してくれてるのよ」

と、お母さんが笑顔で制した。

「そうかなぁ……」

あたしが同意しかねていると、お父さんが、再びカメラのファインダーを覗《のぞ》き、

「そんなことより、三人でもう一枚撮るぞ」

セルフタイマーのボタンを押した。

あたし達親子が、何もなかったかのように、ポーズを取ったところで、シャッター音が響いた。

あたしが今日から学ぶことになっている県立美空《みそら》高等学校は、美空市のほぼ中央にあり、近くには美空公園や市立図書館もあった。

県内では、割と新しい公立高校で、自由な校風と女子の可愛《かわい》い制服がウリだった。そのため、レベルは中の中のくせに、公立高校の中では、人気があり、倍率は意外に高かったんだよ。

あたしなんか、合格の最低ラインぎりぎりの成績だったから、何度も諦《あきら》めかけたんだけど……。

近いんだよね、家から高校まで。

徒歩で10分弱。小学校や中学校より近いんだよね。

これが、あたしがこの高校を受験した大きな理由なんだ。

朝、5分長く寝ていられるって、どんな幸せか……。

ふふ、分かってもらえるよね。

あたしが、両親と共に、入学式が行われる高校の体育館の前に来ると、すでに大勢の生徒や保護者達でごった返していた。

「新入生は、それぞれの教室へ行ってください」

「保護者の皆様は、入学式が始まるまで、ここでしばらくお待ちください」

係の先生の指示に従って、あたしは両親と別れて、一年A組の教室に向かった。

合格発表の後に、A組からF組の新入生の名簿が郵送されてきていたので、クラスメートの中に、美空《みそら》中出身者が予想していた以上に多かったのには、ぶっちゃけ嬉《うれ》しかった。

男子は、はづきちゃんの彼氏で、ジャズ・トランペッターを目指す矢田《やだ》くんでしょう。

矢田くんとは、よく喧嘩《けんか》するけど、実はよくつるんでいて、お母さんがチョー美人の長谷部《はせべ》たけしくんに、SOSトリオの佐川《さがわ》ゆうじくんと太田《おおた》ゆたかくんでしょう。そして、小学校の時、自前で飛行機を作った宮前空《みやまえそら》くん。

女子は、プロのカメラマンを目指している島倉《しまくら》かおりちゃんに、またまたクラスが一緒になった奥山《おくやま》なおみちゃん。なおみちゃんとは、これで10年連続。ギネスもんだよね。

あとは、不登校児から一転して、中学時代は皆勤賞を取った長門《ながと》かよこちゃんに、中学時代は一度も一緒のクラスじゃなかった、小説家志望の横川信子《よこかわのぶこ》ちゃん。

そして、なんと、大阪から転校してきた、大親友のあいちゃんも、一年A組なんだよ。

おととい、そのことが分かった時、あいちゃんは、ケータイで連絡してくれれば良いのに、わざわざ家まで駆《か》けつけて教えてくれたんだ。

よっぽど嬉しかったんだろうね。

もちろん、あたしだってチョー嬉しくて、家の玄関前で、あいちゃんと抱き合って、跳ねまわっていたら、通りすがりの人達から、変な目で見られちゃった。

でも、嬉しいんだから、しょうがないよね。

というわけで、我がクラスには、あたしも含めて、美空第一小学校出身者が十一人もいることになるんだよね。

一年A組の最大派閥！

ハハ、なんのこっちゃ。

残りのクラスメートは、美空市内の別の中学校六校から十五人で、学区外から四人の計十九人。

この生徒達の詳しいことは、おいおい紹介していくからお楽しみにね。

「えー、静かに。席替えは、後でちゃんとするから、とりあえず、出席名簿順に席に着いてくれ」

これが、担任の先生の第一声だった。

めちゃめちゃダミ声で、聞き取るのがやっとだった。

声よりひどいのは、そのルックスだ。

顔は、人間と言うより爬虫類《はちゅうるい》……そう、カメレオンをイメージするといいかも。

上の前歯が一本欠けているし、ヘビースモーカーらしく、歯はヤニだらけ。

髪は白髪まじりの剛毛で、寝癖もひどい。

老眼鏡をずらしてかけているため、いつも上目遣いで、おまけに背広はヨレヨレ。

歳は45と、本人は言うけど、見た目は、50代、いや60と言われても、誰《だれ》も疑わないよ。

「どれみちゃん、先生はハズレみたいやな」

右斜め前の席に座ったあいちゃんが、小声で話しかけてきた。

「だよね。イケメンの担任、期待したんだけど、とても人間とは思えない生き物っちゅーかなんちゅーか……」

あたしも苦笑いを浮かべながら小声で言った時、先生は、黒板に、割と達筆な字で、『八巻六郎』と書いた。

「ハチマキ……ロクロウ？」

あたしの声が聞こえたのか、八巻先生は、振り返って、欠けた前歯を見せてニッと笑い、

「ハチマキと書いて、ヤマキと読む。うちは、かみさんの稼ぎがいいもんだから、別に俺が教師しなくてもいいんだよな。かみさんからは、さっさと先生なんか辞めて、家事に専念してって、お願いされてるんだ」

生徒の中から失笑が漏れた。

八巻六郎〜

八巻《やまき》先生は、そんなことはお構いなしで、話を続けた。

「うちのかみさん、美人でさぁ、おまけに俺にゾッコンだから、今悩んでるんだよなぁ……」

じょ、冗談でしょう！

カメレオンみたいな顔しちゃって、よく言うよ。

普通、先生が生徒の前で、奥さんのことでのろけるか？

あたしだけじゃなくて、クラスの全員が、呆気《あっけ》にとられて、静まり返った。

さすがに、先生も引かれているのに気づいたのか、

「俺ばかりが喋《しゃべ》ってもしょうがねえな。それじゃあ、自己紹介でもしてもらおうか」

と言うと、教卓の下から椅子《いす》を持ち出し、春の光が射す校庭側の窓近くに置いて、ドカッと腰掛けた。

そんなわけで、出席名簿順に、生徒達が立ち上がって、自己紹介を始めた。

最大派閥（笑）ということもあり、あたしも含めて美空《みそら》第一小学校出身者は、仲間達が盛り上げてくれて、無難に自己紹介を終えることができた。

SOSトリオの太田《おおた》くんと佐川《さがわ》くんも、しょうもないギャグまじりの自己紹介で、ドン引きになりそうなところを、あいちゃんのツッコミのお陰で、なんとか笑いが獲《と》れ、ホッと胸を撫《な》でおろしていたっけ。

だけど、みんなを一番盛り上げてくれたあいちゃんが、大失態を演じちゃったんだよ。

それは、自己紹介の中で、

「大好きなものは、阪神タイガースとたこ焼きやねん」

と大阪弁で言った途端、日向《ひなた》ぼっこしながら、目を閉じて聞いていた八巻先生が、いきなり、パチッと目を開けて、

「妹尾《せのお》、俺は超がつくほどのジャイアンツファンなんだが」

そのギョロッとした目で、あいちゃんを睨《にら》んだ。

さすがに、あいちゃんも初めて会ったばかりだし、先生に対して、

「何言うてんねん！　このボケ！」

なんて、突っ込むこともできず、その後は、しどろもどろになり、

「あたしの口、何言うてんねん。アホ、アホ」

と、耳を引っ張り、

「そこは耳やん！」

と、あいちゃんらしくない、コテコテのノリツッコミをかましたんだけど、まったく受けず、撃沈したんだよね。

「あかん。あの先生とは、合わへんわ」

入学式の間、あいちゃんは落ち込みっ放しで、うわ言のようにぼやいていた。

「でもさ、入学式が終わったら、アルバイトの許可、取りに行かなきゃならないし……」

あたしが小声で言うと、あいちゃんは、すかさず、

「あたしはパスや。どれみちゃん、あたしの分も取ってきてや」

「それは無理だよ。さっき矢田《やだ》くんから聞いたんだけど、本人が直《じか》に担任から申請用紙をもらって、いろいろ書き込んでから、バイト先の責任者の判子を捺《お》してもらうんだってよ」

矢田くんも、この春から、『バード』というジャズ・クラブで、ウエイターとして、アルバイトしてるんだって。

因《ちな》みに、『バード』ってのは、鳥って意味じゃなくて、アメリカの有名なジャズ・サクソフォン奏者のチャーリー・パーカーって人のニックネームなんだよ。

『バード』の常連客のうちのお父さんの受け売りだけど……。

「なんや、めんどくさっ。どないしよう」

あいちゃんは、校長先生や来賓客の話なんかそっちのけで、かぶりを振りながら、大きな溜《た》め息《いき》をついた。

「あいちゃん、小学生の頃《ころ》、MAHO堂を手伝った時のことを考えれば、どうってことな

いよ」

あたしの励ましに、あいちゃんは顔を上げ、

「それは言えてるわ。いろいろややこしくて、大変やったもんな」

懐かしそうに呟《つぶや》いた。

ホント、大変だったなぁ。

バイト代もらってたわけじゃないけど、小学生が放課後や休日に、お店で働くなんて、親も学校の先生も許すわけないもんね。

それでも、あたし達は、オーナーのマジョリカが、魔女ガエルになってしまったことで、マジョリカの育ての親のマジョリリカおばあちゃんを連れてきて、オーナー役になってもらい、担任の関《せき》先生やそれぞれの親達に会って、説得してもらったんだよなぁ。

先生も親達も、最初は心配してたけど、MAHO堂を通して、あたし達が成長していく姿を見ていくうちに、理解してくれたんだ。

だから、今回、またMAHO堂でアルバイトすることを話すと、お父さんもお母さんもすぐに許可してくれた。

で、問題は、八巻《やまき》先生なんだけど。

「タイガースファンってだけで、許可してもらえへんかったら、どないしよう」

入学式が終わってからも、あいちゃんは嘆いていた。

「何、ウジウジしてるのさ。あいちゃんらしくないよ。ここは、当たって砕けろだよ」

許可を取らない限り、MAHO堂では働けないんだから、やっぱ行くっきゃないっしょ。


ということで、入学式の後、あいちゃんの腕を引っ張るようにして、あたしは職員室に八巻《やまき》先生を訪ねた。

「先生、アルバイトがしたいんで、許可をお願いに来たんですけど……」

あたしが、こう切り出すと、

「やっぱ無理だな」

と、ポツリと八巻先生は言った。

「ええ――っ⁉」

「そ、そんな……」

あたし達がビックリして、顔を見合わせていると、八巻先生は、いきなり机の引き出しを開けると、紺色の丸い缶を摑《つか》んだ。

「悪いが、ちょっと付き合え」

そう言うと、職員室を後にした。

あいちゃんとあたしは、やむなく先生の後に続くしかなかった。


青空に、紫煙がゆっくり上っていく。

あたし達が八巻先生に連れてこられたのは、校舎の屋上だった。

八巻先生は、めちゃくちゃニコチン度が高そうな『ピース』という両切りの煙草《タバコ》を美味《おい》しそうに吸っていた。

「どうして、アルバイトがいけへんのですか⁉」

あいちゃんがちょっと怒ったような表情で単刀直入に尋ねた。

「ん？　なんの話だ？」

八巻先生は、持参した携帯灰皿に、煙草の灰を落としながら、尋ね返した。

「なんのって……」

あいちゃんは呆《あき》れ顔《がお》で、あたしに助け船を求めてきた。

「アルバイトの許可を取りたいって言ったら、先生、『やっぱ無理だな』って言ったじゃないですか」

あたしが言った途端、先生はプッと吹きだしたかと思うと、激しく咳《せ》き込《こ》みだした。

「先生、大丈夫ですか⁉」

あいちゃんが、慌てて背中を擦《さす》ってやった。

咳《せき》がようやく収まり、八巻《やまき》先生は、あいちゃんに礼を言うと、いかにもおかしそうに笑いながら、

「俺が無理だって言ったのは、これだよ、これ」

煙草《タバコ》を見せて、また美味《おい》しそうに吸った。

「はあ?」

あたし達は、わけが分からず、小首をかしげた。

「かみさんからも、校長や同僚の先生達からも、禁煙しろって、うるさく言われててな。朝から一本も吸ってなかったんだが、どうにもこうにも我慢できなくなっちまって……」

「ああっ! それで無理って言ってたんかぁ」

「なーんだ! もう先生ったら!」

「いやぁ、すまん、すまん。俺には禁煙は無理だ。こいつとは、かみさんより古い付き合いだからな」

先生は、また缶から煙草を取り出すと、ライターで火をつけた。

こんなところで、『禁煙無理です宣言』されても……。

うちのお父さんだって、あたしが生まれた時、禁煙したって言ってたのに。

あなたは、先生でしょう?

やっぱ、この人、ダメかも……。

あたしがそんなことを考えていると、

「それなら、あたし達のアルバイトは？」

あいちゃんが問い直した。

「ちゃんと、申請用紙に書き込んで、提出してくれれば、ＯＫだ」

あたし達は、ホッと胸を撫《な》で下ろすと、先生が煙草を吸い終わるのを待って、職員室に戻り、申請用紙を受け取った。

「明日からバイトしたいんですけど……」

と、あたしが尋ねると、八巻先生は、ぶっきらぼうに、

「明日の放課後までに、責任者の名前、住所と印鑑をもらって、提出してくれれば大丈夫だ」

と答えると、あたし達にはもう関心なさそうに、机の本立てに貼《は》ってあった『禁煙』の紙を剝がし、丸めてゴミ箱に捨てた。

あいちゃんは呆《あき》れ顔《がお》で、肩をすくめると、あたしに目顔で、〈行こう〉と促した。

あたしは頷《うなず》き、

「それじゃ、失礼します」

「さようなら」

あたし達は一礼して、職員室を後にした。

「やっぱり、あの先生とは合わへんわ」

下駄箱で、靴を履き替えながら、あいちゃんが溜《た》め息混《いき》じりに言った。

「あたしだって、同じだよ。普通さぁ、担任なら、『なんでアルバイトするんだ？』とか、『どんな仕事なんだ？』とか、訊《き》くもんじゃないの？」

と、あたしも不満を口にした。

「うんうん。なんか無責任っちゅーか、いい加減っちゅーか……」

と、あいちゃんがぼやいた時、

「俺は生徒を信用してるつもりなんだがな」

と言う声が廊下のほうから聞こえてきた。

八巻《やまき》先生だよ！

なんで、ここにいるのさ⁉

「せ、先生……⁉」

あたし達は驚いて、その場に固まってしまった。

「男に貢ぐためとか、良くないクスリを買うためとかで、バイトするなら別だがな」

先生は、そう言った後で、にやりと笑った。

「そ、そんなわけあらへん！」

「あり得ません！」

あたし達は、慌てて否定した。

「ははっ、冗談だ。バイトは金が必要だからやる。理由はそれだけで十分だ」

そ、それだけでいいんだ……。

あたしとあいちゃんは、口をあんぐり開けたまま、呆《あき》れ返《かえ》った。

八巻先生は、あたし達の様子を見て、

「先生方の中には、バイトは非行の始まりになるとか言う者もいるが、大人の中に入って、社会勉強できて、金までもらえるんだ。俺はバイト、大いに結構だと思ってる」

なんだ、ちゃんとしたことも言えるんだ。

あたしが意外そうな表情で、先生を見ていると、

「先生、あたし達に何か用でも？」

と、あいちゃんが尋ねた。

「そうだ、そうだ。妹尾《せのお》に言い忘れたことがあってな」

「あたしに……？」

「陸上部の顧問の長尾《ながお》先生から聞いたぞ。お前、大阪の中学では、一〇〇メートルで全国

大会に出て、入賞したんだってな？」

「ええ、まあ……」

あいちゃんがちょっとはにかむもんだから、あたしが右手の指を三本立てて、

「全国第三位です！　すごいっしょ！」

と、代わりに胸を張った。

「ど、どれみちゃん」

あいちゃんは、恥ずかしそうに頰《ほお》を赤らめた。

途端に、八巻《やまき》先生は、いかにもおかしそうに笑いだした。

「お前ら、なかなかいいコンビだな」

「当たり前っす！　あたし達、なんてったって大親友なんすから！」

あたしは、さらに胸を張ったが、張りすぎて、後ろにひっくり返った。

「危なっ！」

あいちゃんが素早く抱きとめてくれたので、あたしは難を逃れた。

「ははははは、メモ、メモ。春風《はるかぜ》は、お調子者のバカ……と」

八巻先生は、笑いながらメモするフリをした。

「せ、先生〜〜っ！」

いくらなんでも、それはないっすよ〜〜。あたしが心の中で、そう叫びながら、情けな

い表情で訴えかけた。

先生は、腹を抱えて、さらに笑うと、

「は、腹がよじれる……春風、お前、面白すぎるぞ」

あたしの頭をゴシゴシ撫《な》でた。

そして、あたしを支えたまま苦笑していたあいちゃんを見ると、

「妹尾《せのお》も陸上、頑張れよ」

ポンと肩を叩《たた》いて、踵《きびす》を返した。

「は、はあ……」

あいちゃんは、先生の言葉が意外だったのか、ポカーンとして見送ろうとした時、先生が、振り返って、

「ああ、忘れてた。妹尾、タイガースファンは、内申書が悪くなるから、ジャイアンツファンになれ」

と、理不尽なことを言った。

「な、なんやて!? 冗談やない！　誰《だれ》がジャイアンツファンなんか……」

あいちゃんが、顔を真っ赤にして怒りを露《あら》わにした途端、

「ははっ、冗談だ。じゃあな」

八巻先生は、笑いながら軽く手を挙げて、去っていった。

「じょ、冗談、きつすぎや……」

あいちゃんは、脱力したのか、その場にヘナヘナと座り込んだ。

◇

「ふふ、あいちゃんったら、絶対、話を面白くしてるでしょう？　いくらなんでも、ユニークすぎるわ」

「ちゃうちゃう。ほんまの話や。なあ、どれみちゃん？」

「うん。全部、ほんま、ほんま」

入学式の日の午後、あたしは、はづきちゃん、あいちゃんと、美空《みそら》公園の噴水前で待ち合わせて、市内にある瀬川《せがわ》おんぷちゃんの家に向かっていた。

音信不通になっていたおんぷちゃんのことが心配で、家に行けば、何か手がかりが探せるんじゃないかと思ったんだ。

おんぷちゃんの家に到着する間、あたしとあいちゃんは、八巻《やまき》先生やクラスメートのことなんかを、はづきちゃんに話していた。

はづきちゃんは、クラスメートの話には、普通に相槌《あいづち》を打っていたけど、八巻先生の話になると、目を丸くして、面白がっていた。

「ジャイアンツファンの先生なんか、あたしは信用せえへんで！」

と、あいちゃんがグッと力をこめて拳《こぶし》を握り締めると、はづきちゃんはクスクス笑い、

「どっちもどっちだと思うけど……どれみちゃんは、その先生のこと、どう思ってるの？」

と、尋ねてきた。

「あたしは……まだ、よく分かんないなぁ。関《せき》先生とも、中学の時の先生達とも、全然タイプが違うし、人間じゃないし」

「人間じゃない？」

「カメレオンに、ごっつぅ似てんねん！」

「まあ！」

はづきちゃんは、声を出し、涙まで流して笑うもんだから、あいちゃんが慌てて口を塞《ふさ》ぎ、

「はづきちゃんの笑いのツボは、あたしらとちゃうからなぁ」

怪訝《けげん》そうな表情で、こちらを見ている通行人達を気にしながら言った。

ようやく笑い終えたはづきちゃんは、

「お腹《なか》がよじれるかと思った。ふぅ～」

と、大きく息を吐いた。

そんな話をしながら、あたし達はおんぷちゃんの自宅の前に到着した。

玄関前の門は、頑丈な鎖と南京錠で閉ざされていた。

玄関までの階段に置かれていた鉢植えは、すべて枯れていたし、庭の木々もまったく手入れがされていないのが、一目で分かった。

「まったく人が住んでる気配がないなぁ」

あいちゃんが呟《つぶや》いた時、はづきちゃんが、

「二人とも、あれを見て」

と、門柱の横の郵便受けを指差した。

郵便物が受け口から溢《あふ》れていた。

「あっちゃーっ、あたしが出したハガキがある」

「私の手紙も」

「あたしのもある……おんぷちゃんには届いてなかったんか……」

三人とも、ケータイやメールで連絡が取れなくなってから、おんぷちゃんが心配で、手紙やハガキを出してたんだけど、これじゃ、返事も来ないわけだよね。

おんぷちゃん、いったいどうしちゃったの？

あたし達は、小さな溜め息《たいき》をつくと、郵便物を取り出して、一枚ずつ郵便受けの中に入れていき、溢れないようにした。

「手がかりなしか……これから、どうする？」

あたしが二人に尋ねた時、背後で声がした。

「君達、瀬川《せがわ》おんぷの知り合い？」

振り返ると、胡散臭《うさんくさ》そうな推定年齢四〇歳ぐらいの男が、カメラを首にぶら下げた若い男を伴って近づいてきた。

「………」

あたし達が怪訝《けげん》な顔で黙っていると、四〇男が、

「おじさんは怪しいもんじゃない」

と言いながら、名刺を差し出してきた。

ヘアサロンによく置いてある女性週刊誌の記者だった。

記者は、名刺をくれるでもなく、すぐに引っこめると、

「君達、見たところ、瀬川おんぷと同じぐらいの歳だよね。同級生？」

あたしが頷《うなず》こうとすると、それより早く、はづきちゃんとあいちゃんが、

「違います！」

「ちゃうちゃう。ただのおんぷちゃんのファンです！」

「えっ⁉　な、何言って……うっ！」

いきなり、二人があたしの口を塞《ふさ》ぐと、記者達に一礼して、

「失礼します！」

あたしを抱えるようにして、猛スピードでその場を駈《か》け去《さ》った。

記者達は、一〇メートルほど追いかけてきたが、すぐに諦《あきら》めた。


おんぷちゃんの家から、そう遠くない児童公園まで来たところで、あたし達は止まった。

はづきちゃんは息を整えながら、後方を振り返り、

「はあ、はあ……追いかけて来ないみたい」

陸上部のあいちゃんは、まったく息は乱れていない。

「ここまで来れば、大丈夫や」

あたしは、肩で大きく息を整えながら、

「ぜえ……ぜえ……ちょ、ちょっと二人とも、どーゆーことよ？」

「あの人達の週刊誌で、この間、おんぷちゃんのこと、悪く書いてたの。それが、許せなくって！」

いつもおっとりしているはづきちゃんが、珍しく語気を荒げて言った。

「その記事、あたしも美容院で読んだ。めちゃ腹立たしくなったんで、途中で放り投げたわ！」

「そんなに、おんぷちゃんのこと、悪く書いてたの？」

「悪いなんてもんじゃなかったわ。チャイドルの頃《ころ》、生意気すぎたから、芸能界から干されたとか」

「おんぷちゃんのこと、よう知らんくせに、あることないこと書きよってからに！」

「ああ、それって、ええと……脂肪……じゃなくて……」

「誹謗《ひぼう》中傷のこと？」

「ああ、それそれ」

「どれみちゃん、難しいことは言わんほうがええで」

「はは、面目ない」

あたしは頭をかくしかなかった。

「あの人達、私達から何か聞き出して、またおんぷちゃんの良くない記事をでっち上げるに決まってるわ」

「そうか。それで逃げ出したのか」

あたしがようやく納得した時だった。

「みんな、こんなところで何やってるの？」

クラスメートの島倉《しまくら》かおりちゃんが、通りのほうからやって来た。

「あっ、かおりちゃん。今さ、おんぷちゃんの家に様子を見に行ってきたんだけど、怪しげな記者に捕まりそうになったんで、逃げてきたんだよ」

と、あたしが説明すると、情報通のかおりちゃんは大きく頷《うなず》き、

「ああ、私も最近よく見かけるのよ。若いカメラマンと一緒にいる人でしょう？　私もいろいろ聞かれたわ」

「なんや、知ってたんか」

「ふふふ、私を誰《だれ》だと思ってるのよ」

かおりちゃんの眼鏡がキラリと光った。

「それより、瀬川《せがわ》さんの家、売りに出されるらしいわよ」

突然、爆弾発言が飛び出した。

「えっ、本当⁉」

「うちの隣のおばさんがさ、不動産会社の人がよく見に来てるって言ってたから……」

「なんや、噂《うわさ》か……」

「びっくりさせないでよ、かおりちゃん」

あたしとあいちゃんは、安堵《あんど》の息を吐いたが、はづきちゃんは、かおりちゃんを睨《にら》み、

「島倉さん、今の話、絶対、週刊誌の人達には話さないでね。あの人達、面白半分に大袈《おおげ》裟《さ》に書くから」

「え、ええ……」

はづきちゃんの迫力に気圧《けお》されたかおりちゃんは頷くと、去っていった。

はづきちゃんって、こういう時、すごく頼りになる。

一度、自分が正しいと思ったら、何があっても絶対に主張を曲げない、芯《しん》の強さがあるんだよね。

あたし達は、かおりちゃんを見送ると、おんぷちゃん捜しを、これからどうするか、話し合った。

マジョリカに頼んで、魔法で捜してもらおうと、ケータイでＭＡＨＯ堂に連絡を入れたけど、留守。恐らく、今日は店が休みなので、ララと温泉かエステにでも行ってるんだろう。

次に、おんぷちゃんの都内のマンションを訪ねようとしたが、住所が分からず、断念。

「だったら、おんぷちゃんのお父さんの鉄道会社を訪ねてみたら、どうかしら？」

はづきちゃんが提案した。

「確か、おんぷちゃんのお父さん、東京と札幌《さっぽろ》を繋《つな》ぐ寝台特急の運転士さんやったな」

「鉄道会社の本社は、東京だったよね？」

「とりあえず、行ってみましょう！」

「レッツゴーや！」

そんなわけで、あたし達は、一時間近くかけて、鉄道会社がある都内の本社ビルを訪ねた。

受付で、事情を説明すると、受付のお姉さんが、乗務員・運転士課というところに連絡して、おんぷちゃんのお父さんの同僚の男性社員と、会うことができた。

「せっかく訪ねてきてもらったのに、悪いね。瀬川《せがわ》くんは、一月末付けで、札幌《さっぽろ》支社のほうに、転勤になったんだよ」

小川《おがわ》さんという人の良さそうなこの男性は、すまなそうに教えてくれた。

「札幌ですか⁉」

あたし達は、二の句がつげないほど、驚いた。

札幌は、あまりにも遠すぎるよ。

魔女見習い時代なら、魔法のホウキや、三人以上で使えるマジカルステージで、簡単に行けるんだけど……。

それでも、おんぷちゃんと、どうしても連絡が取りたかったんで、

「あのぅ……札幌のどこに住んでるか、教えてもらえません？」

「ついでに、電話番号なんかも教えて頂けたら、嬉《うれ》しいねんけど」

「すまないが、個人情報は教えないのが、規則なんだ」

小川さんは、さらに申し訳なさそうに言った。

あたし達は引き下がるしかなかった。

でも、帰り際に、小川さんは背中を向けたまま、

「これはあくまでも独り言だが、おんぷちゃんは元気だって、瀬川が言ってたなぁ」

「！　……ありがとうございます！」

小川さんの優しさに深々と頭を下げて、あたし達は鉄道会社を後にした。


最寄りの駅近くの歩道橋を三人で渡っていると、西の地平線に、ちょうど夕陽が落ちようとしていた。

なんか、美空《みそら》市で見る夕陽より大きな感じがした。

あたし達は、歩道橋の上から夕陽が完全に見えなくなるまで無言のまま眺めていた。

「結局、おんぷちゃんの居所、分からんかったなぁ」

あいちゃんが、歩道橋の手すりに背をもたれて、ポツリと言った。

「ガッカリすることないわ。おんぷちゃん、札幌《さつぽろ》で元気にしてることが分かっただけでも、良しとしないと」

はづきちゃんが、優しい微笑を浮かべた。

「はづきちゃんの言うとおりだよ。こうなったら、MAHO堂でバッチリ働いて、バイト代貯めて、おんぷちゃんに会いに行こうよ！」

「うん、それええな！」

「賛成！」

「よーし、北海道は北だから、こっちだよね？　おんぷちゃん、きっと行くから待っててね！」

と、あたしは北の空に向かって叫んだんだけど、

「どれみちゃん、そっちは南よ」

「西がこっちなんやから、北はそっちや」

「あっちゃ——っ！」

次の瞬間、あたし達は大声で笑いだした。

◇

おんぷちゃんに会いに行くっていう目標ができると、あまり乗り気ではなかったMAHO堂でのアルバイトも、張り合いが出てくるから、不思議だよね。

リニューアルして営業を始めた当初は、三年間のブランクと、魔法グッズがなんなのか分からないお客様も多く、売り上げのほうは、マジョリカが期待してたほど、伸びなかった。

でも、オープンして三週間が過ぎた頃《ころ》には、昔のMAHO堂を知っているお客様が、懐かしがって訪ねてきたし、あたし達も、美空《みそら》第一小学校時代の同級生や、現在のクラスメートに宣伝して、結構賑《にぎ》わうようになってきたんだ。

魔法粘土で作ったペンダントやブレスレットのラッキーアイテムは、効力があると口コミで広がったため、美空市外からも女子中高生が来るようになったんだよ。

土、日曜日限定で、手伝いに来てくれるはづきちゃんと、陸上部の練習の後、顔を出してくれるあいちゃんが、魔法粘土のアイテム作りを担当した。

二人とも手先が器用だからね。

不器用なあたしは、毎日、学校が終われば、MAHO堂に直行して、マジョリカを手伝いながら、販売員として、頑張ってるってわけさ。

そういえば、入学式の日の自己紹介で、みんなにドン引きされたあいちゃんだったけど、陸上部の活躍が認められて、今じゃ、クラスだけでなく、学校の人気者になったんだよね。

なんてったって、四月の終わりにあった、高校総体の県予選の一〇〇メートルで、いきなり県新記録を樹立しちゃったんだもん、すごいよね。

担任の八巻《やまき》先生との関係も、笑っちゃうくらいおかしいんだよね。

八巻先生が、ジャイアンツがタイガースに勝った翌朝、こっそりあいちゃんの下駄箱の中に、一面にジャイアンツの選手の歓喜の写真がデカデカと載ってるスポーツ新聞を入れたのが、二人の仁義なき戦いの始まりだったんだよね。

「こんなことをするのは、レオンしかおらへん!」

あっ、レオンってのは、あたしとあいちゃんが命名した八巻先生のニックネーム。

有名な映画から付けたんじゃないよ。カメレオンからカメを取って、レオン。

かっこよすぎるって?

これには、クラスのみんなも大ウケで、八巻よりレオンが通称になっちゃったんだよね。

レオンには、映画から付けたって言ったら、大喜びでさ、思わず吹きだしそうになったよ。

そんなわけで、八巻先生のことは、これからレオンって書くからね。

話が脱線しちゃったけど、レオンの大人げない仕打ちに、あいちゃんはカチーン! ときた。

それで、その夜の試合で、タイガースがジャイアンツを倒すと、翌朝、わざわざタイガース贔屓《びいき》のスポーツ新聞を買ってきて、職員室のレオンの机の上に置いてきたんだよね。

「こんなことをするのは、妹尾《せのお》しかいねえ！」

レオンもカチーン！　ときて、二人の仁義なき戦いは、今でも続いているんだよ。

次に、両チームが激突する時は、いったいどうなるんだろう？

クラスの一部では、血の雨が降るんじゃないかって、専らの噂《うわさ》。ぷぷっ。

まあ、あいちゃんもあいちゃんなりに、高校生活をエンジョイしてるってことは、間違いなさそう。


ところが、ゴールデンウィークが明けた五月の中頃《なかごろ》、部活が終わって、MAHO堂に来たあいちゃんが、テーブルに着くなり、浮かない表情で、何度も溜《た》め息《いき》をつきだした。

「あいちゃんさ、溜め息って、一緒に幸せも吐き出しちゃうらしいよ」

気になって、あたしが言った。

「あっ、どれみちゃん……。ごめん。なんでもない」

あいちゃんは、魔法粘土を手に取ると、ラッキーアイテムの製作に取りかかった。

だが、五分もしないうちに、また溜《た》め息《いき》をついた。

「こらっ、あいこ！　心を籠《こ》めて作らんと、ラッキーアイテムにはならん！　やる気がないなら、帰れっ！」

マジョリカが、鉢植えに水をやりながら叱《しか》りつけた。

「す、すんません……」

あいちゃんは、力なく俯《うつむ》いた。

「マジョリカ、理由も聞かないで、いきなり叱りつけるものじゃないわ」

あたしが言おうとしたことを、ララが言ってくれた。

「あいちゃん、学校で何かあったの？」

「そんな大袈裟《おおげさ》なことやないねんけど……」

あいちゃんはそう言いながら、足元に置いた鞄《かばん》の中から、大学ノートを取り出し、テーブルの上に置いた。

その表紙には、『創作ノート』、『横川信子《よこかわのぶこ》』と書かれていた。

「あっ、信子ちゃんのノート。ってことは、新作の小説が完成したんだ？」

あいちゃんはコクリと頷《うなず》いたが、表情は相変わらず曇ったままだ。

「このノートが、どうかしたの？」

ララが、ノートをペラペラ捲《めく》りながら尋ねた。

「ゴールデンウィーク前に、渡されてな。読み終わったら、感想聞かせてって、言われてんねん」

「そんなの、小学校の時は、日常茶飯事だったじゃん」

「それがな……全然おもろうないねん」

「えっ？　中学の時は、丸山《まるやま》みほちゃんとコンビを組んで、少女漫画雑誌で何度も佳作に入ってたじゃん」

あたしは、意外な感じがした。

「信《のぶ》ちゃんが大阪まで原稿のコピーを送ってくれたから、あたしも読んでた。あの頃《ころ》に比べたら、ほんまおもろうないねん」

そう言うと、あいちゃんはノートをあたしに差し出した。

「とにかく、どれみちゃんも読んでみてや」

「う、うん……」

あたしは、ノートを受け取った。

◇

翌朝、あたしはアクビをしながら、通学路を歩いていた。

あいちゃんから渡された、信子《のぶこ》ちゃんの小説を読むのに、時間がかかりすぎ、寝不足気味なんだ。

小説が面白くて、寝る間を惜しんで読み続けたわけじゃなくて、その逆だった。

あいちゃんが言ってたとおり、全然面白くなくて、少し読んでは眠くなり、また読んでは眠くなりの繰り返しで、気がついたら、朝になっていたって感じかな。

「ふぁあああ〜〜」

あたしが、涙をちょちょ切らせて、大きなアクビをした時、

「どれみちゃーん！」

あいちゃんが、後方から駈《か》け寄《よ》ってきた。

「あいちゃん、おはよう……ふぁあああ〜〜」

もう一発アクビが出た。

「ひょっとして、信《のぶ》ちゃんの小説読んだせい？」

「ピンポン」

あたしは、鞄《かばん》の中から信子ちゃんの創作ノートを取り出して、あいちゃんに返した。

「それで、感想は？」

「全然面白くなかった。みほちゃんとコンビを組んでいた頃《ころ》に比べて、ワンランク、いや、ツーランクくらい落ちたって感じかな」

「やっぱりなぁ。みほちゃんとコンビを組む前に、読ませてもらった話と比べても、レベルが落ちてると思うやろ？」

「うん、そうだね。今度の小説にも、忠犬どれみも出てくるけど、焼き直しというか、新しさもなければ、一番のウリの笑いも全然ないし」

「まったく、同じ感想やわ。どれみちゃん、信ちゃんに、なんて言おう？」

「正直に言ってあげたほうが、本人のためになるんじゃないかな」

「まあ、そやろな……ちょっと気が重いけど、そうするわ」


あいちゃんは、小さく息を吐くと、ノートを鞄の中に入れた。


翌日は、土曜日で、朝から雨が降っていた。

あたしは傘を畳み、憂鬱《ゆううつ》そうな雨空を見上げながら、傘についた水滴を振り払うと、MAHO堂に入っていった。

「おはよう、どれみちゃん」

はづきちゃんが来ており、テーブルでマジョリカ、ララと、紅茶を飲んでいた。

「どれみ、お前もこっちに来て、一緒に飲め」

マジョリカが、新しい紅茶の葉をポットに入れ直した。

「ありがとう」

あたしは傘を傘立てに入れ、みんなのところへ行った。

「今日は冷えるの。さあ、これを飲んで体を温めろ」

マジョリカから、淹《い》れたてのロイヤルミルクティーのカップをもらい、飲もうとした瞬間、玄関のドアベルが大きな音を立てた。

あたしは、思わず紅茶を溢《こぼ》してしまい、

「あち――っ、あちちち！」

入ってきたあいちゃんは、あたしの大声に、驚きの表情を浮かべた。

「あいちゃん、朝っぱらから、大きな音立てないでよ。紅茶、溢しちゃったじゃない」

「ああ、ごめん、ごめん。気分が悪いもんやから、ドアにあたってもうたんや」

「何か、あったの？」

「うん、ちょっとなぁ……」

「とりあえず、紅茶でも飲んだら」

ララの勧めに、あいちゃんは頷《うなず》き、

「そうさせてもらうわ」

テーブルまでやって来て、椅子《いす》にドカッと座った。

マジョリカがロイヤルミルクティーを淹れてやり、あいちゃんは一口飲んだけど、気分は直りそうになかった。

あたしはピンときた。

「ひょっとして、信子《のぶこ》ちゃんと喧嘩《けんか》したの？」

あいちゃんは、無言で頷いた。


昨日の放課後、あいちゃんが部活に行く前に、教室の掃除をしていた信子ちゃんに、創作ノートを返して、正直に面白くなかったと感想を伝えたんだって。

そうしたら、信子ちゃんから、意外な言葉が返ってきたの。

「やっぱりね」

「やっぱりって、どーゆーこと？」

すかさず、あいちゃんが尋ねると、信子ちゃんは、

「書いてた私が、ちっとも面白くなかったんだもん」

とケロッとして言うもんだから、あいちゃんはちょっとムッときて、

「だったら、面白くなるまで書き直して、それから人に読ませるのが、スジとちゃうの？」

だけど、信子《のぶこ》ちゃんは、それには答えず、

「スランプなのよ。もう小説書くの、やめようかな」

けだるそうに言ったんだって。

それに、あいちゃんはカチンときて、

「何、ゆうてんねん！　そんなに簡単にやめるなんて言わんといて！」

すると、今度は、信子ちゃんが逆ギレして、

「あいちゃんには、作家の苦しみが分からないのよ！」

「ああ、分からへんな！　信《のぶ》ちゃんがそんなヘタレとは思わんかったわ！」

そんなやりとりをして、二人は別れたんだって。


「あたしもちょっと言いすぎや思うたんやけど。つい、カッとなってしもうて……」

あいちゃんが、軽く自分の頭を拳《こぶし》で叩《たた》いた。

「あいちゃんの気持ち、分かるよ。信子ちゃんに小説書き続けてほしかったんでしょう？

だから、ついキツイこと言っちゃったんだよね」

あたしの言葉に、あいちゃんは、小さく頷《うなず》いた。

「あのぅ……」

ずっと、あたし達の話を黙って聞いていたはづきちゃんが、口を開いた。

「どうしたの、はづきちゃん？」

「信子ちゃんのスランプって、ひょっとして、丸山《まるやま》みほちゃんと関係があるんじゃないかと思って」

さすが、はづきちゃん！　鋭い指摘だと、思った。

「そういえば、先月の同級会の時も、あの二人、ぎくしゃくしてたよ」

あたしが言うと、

「へえ、そやったんか。小学校の五、六年生の頃《ころ》は、ほんま楽しそうに漫画作ってたのにな……」

あいちゃんが懐かしそうに言った。

「中学の時だって、よく二人でつるんで、『美空小町《みそらこまち》』のペンネームで、雑誌社に持ち込みや投稿してたよ」

「それなのに、高校は別々だし、同級会の後の二次会でも、一言も会話してなかったわ」

「成る程な。そのみほとかいう娘《こ》に、話を聞いてみたら、どうじゃ？」

「私もそう思うわ」

マジョリカとララも話に加わってきた時だった。

ドアベルの音が小さく響いて、小柄な女性客が入ってきた。

な、な、なんと！　丸山《まるやま》みほちゃんだった。

噂《うわさ》をすれば、なんとやら！

「あっ、どれみちゃん！　やっぱり、どれみちゃん達がやってたのか、ＭＡＨＯ堂」

あまりのタイミングに、あたし達は絶句していた。

「こら、お前達、お客様だぞ！　早く行かんか！」

マジョリカの声に、あたし達は我に返り、

「あっ、みほちゃん、いらっしゃい！」

と、みほちゃんの前へ駈《か》け寄《よ》った。

「近くの電柱に、お店のポスターが貼《は》ってあったから、ひょっとしたらって思って、寄ってみたの」

「へえ、そうだったんや。あたしらも、ちょうどみほちゃんの噂をしてたとこやったんで、びっくりしたわ」

「へえ、そうだったんだ。それで、今度のＭＡＨＯ堂は、何を売る店なの？」

「魔法グッズよ。夢が叶《かな》うペンダントとか、幸せを呼ぶブローチとか、結構効き目があるの」

はづきちゃんが、魔法グッズを手に取りながら、説明した。

すると、みほちゃんが、突然、

「嫌いな人を不幸にさせる魔法グッズはないの？」

「！　――」

あたし達は、びっくりして、思わず顔を見合わせた。

「そんなもん、売ってるわけない！」

「みほちゃん、嫌いな人って……まさか……横川信子《よこかわのぶこ》ちゃんじゃないよね？」

「！　――」

今度は、みほちゃんが目を丸くして驚いた。

だが、すぐに平静を装うように、

「じょ、冗談よ。夢が叶《かな》う魔法グッズでも買おうかな」

「このペンダントだね。三八〇円だよ」

あたしが、お金をもらい、お釣りを取ってくる間に、あいちゃんが、ペンダントを包み、みほちゃんに渡した。

「毎度おおきに」

あいちゃんが少し引きつった笑みを浮かべた時、はづきちゃんが、ズバリ尋ねた。

「ねえ、みほちゃん、どうして、美空《みそら》高校に行かずに、碧《あお》が丘《おか》学園に行ったの？」

「碧が丘には、漫研……漫画研究クラブがあるの。結構、プロの漫画家も出ているのよ」

「へえ、そうだったんだ。じゃあ、どうして、信子ちゃんを誘わなかったの？」

また核心をつく質問を浴びせた。

「！　――」

みほちゃんは、また驚きの表情を浮かべたけど、今度は平静を装わずに、露骨に不愉快そうな表情に変わった。

「はづきちゃん、信子《のぶこ》ちゃんとは、もうコンビを解消したの！　私の前で、二度と彼女の名前を口に出さないで！」

「みほちゃん……⁉」

はづきちゃんは、それ以上訊《き》けず、押し黙るしかなかった。

「悪いけど、帰るね」

みほちゃんは、唖然《あぜん》として立ち尽くしていたあたしからお釣りを取ると、逃げるように表へ飛び出していった。

「みほちゃん！」

あたし達も、慌てて表に飛び出したが、激しい雨が行く手を遮った。

雨に煙る中を、みほちゃんの後ろ姿が遠ざかるのを見送るしかなかったんだ。

店内に戻ったあたし達は、魔法粘土を捏《こ》ねながら、話し合った。

「まさか、二人の仲があんなにこじれてるとは思わなかったな」

「高校が別々になったことが原因なのかしら？」

「今んところ、なんとも言えへん」

「あんなに仲が良かったのにね……」

「なんとか、コンビを復活できないかなぁ」

「それには、まずは、喧嘩《けんか》の原因を突き止めるのが先決ね。二人から聞き出しましょう」

「そやね。どれみちゃん、あたし、信《のぶ》ちゃんと喧嘩したばかりやから、信ちゃんのほう、頼むわ」

「分かった」

「じゃあ、みほちゃんのほうは、私とあいちゃんね」

「魔法が使えれば、原因も簡単に分かるし、仲直りなんかチョチョイのチョイなのにね」

「どれみちゃん！」

はづきちゃんとあいちゃんが、同時に睨《にら》みつけた。

「はは、冗談だよ」

と、あたしが笑って誤魔化《ごまか》していると、

「魔女にはなれんが、魔女見習いにはなれるんじゃないか」

と、マジョリカとララが話に加わってきた。

「みんなの魔女界に対する貢献度は相当高いから、女王様に頼めば、魔女見習いなら、なれると思うわ」

「なんなら、わしから女王に頼んでやるが……」

そりゃ助かる……と、喉元《のどもと》まででかかるが、グッと堪《こら》えて、

「あたし達は、魔法を使わずに、自分達の力で生きていこうって、決めたんだ。これくらいのこと、自分達の力でなんとかなるよ。魔女見習いにはならなくても大丈夫」

あたしの言葉に、はづきちゃんとあいちゃんも大きく頷《うなず》いた。

◇

その日の午後、雨で暇だからという理由で、マジョリカは、あたし達に休みをくれた。

マジョリカらしい心遣いに、心の中で感謝して、あたしは、信子《のぶこ》ちゃんの家を、はづきちゃんとあいちゃんは、みほちゃんのマンションを訪ねることにした。

雨は小降りになっていたが、やむ気配はなかった。

あたしが信子ちゃんの家の前に到着すると、お母さんと信子ちゃんが買い物から帰ってきた。

「あら、どれみちゃん、いらっしゃい」

信子ちゃんのお母さんが声をかけてくれた。

「こんにちは。ちょっと信子ちゃんに話があって」

「えっ、私に？」

信子ちゃんは、何か察したらしく、

「どれみちゃん、部屋で話そう」

と、あたしの腕を取った。


信子ちゃんの部屋で、苺《いちご》のショートケーキをご馳走《ちそう》になっていると、察しの良い信子ちゃんから、話を切り出してきた。

「どれみちゃん、あいちゃんのことで訪ねてきたんでしょう？」

信子ちゃんもあいちゃんと喧嘩《けんか》したことを気にしてるんだ、と思ったので、あたしは頷いてみせた。

「私もちょっと言いすぎたみたい。私から仲直りしたいって言ってたって、あいちゃんに伝えて」

「うん、分かった」

あたしは笑顔で応えると、食べかけのケーキの皿を机の上に置き、ベッドに腰掛けている信子ちゃんの前に、椅子《いす》ごと移動した。

「あたしが今日来たのは、そのことだけじゃないんだ」

「？　……」

信子《のぶこ》ちゃんは、最後の一切れのケーキを口に入れると、あたしの顔を見た。

「あのさ、さっきＭＡＨＯ堂に、丸山《まるやま》みほちゃんが来たんだよね」

途端に、信子ちゃんが不快そうな表情に変わった。

「どれみちゃん、みほみほがなんて言ったかはしらないけど、私達はコンビを解消したの。これ以上、みほみほの話をするんだったら、帰ってもらうけど」

「信子ちゃん、待ってよ。お節介かもしれないけど、どうして、高校、別々になっちゃったの？」

「………」

信子ちゃんは、少しの間、沈黙したけど、

「それ、話したら、帰ってくれる？」

「う、うん……」

信子ちゃんは、右手を顎《あご》に当てると、

「新しい漫画のネタを二人で考えていた時、碧《あお》が丘《おか》学園には、漫研があるから一緒に受験しようって言ったらしいの、みほみほが。でも、ネタ作りに夢中になっていて、私は聞いてなかったのよ」

「えっ、そうなの？」

「でもね、みほみほは、私が頷《うなず》いたから、絶対聞いてるはずだって、言うわけ。大体考えてみてよ。碧が丘は私立でしょう？　公立の美空《みそら》高校に比べて授業料も高いし、受験する気なんてさらさらなかったわよ」

「偏差値も美空高校より高いしね」

「でしょう！　それなのに、みほみほときたら、私が碧が丘を受験しなかったのを根に持ってさ。ほんと頭きちゃったから、こっちからコンビを解消したってわけ。これが真相。さあ、話したから帰って」

「あっ、でも……」

あたしはまだ聞きたいことがあったけど、信子ちゃんに無理矢理部屋の外に押し出された。

その時、信子ちゃんの口がアヒル口になっているのに気づいた。

◇

あたしがＭＡＨＯ堂に戻ると、すでに、はづきちゃんとあいちゃんは戻っていた。

二人も、渋る丸山みほちゃんから、喧嘩《けんか》の原因を聞き出していた。

ほぼ、信子ちゃんの言ってたことと同じで、碧が丘学園を一緒に受験しようと言った時、信子《のぶこ》ちゃんは聞いていたはずなのに、聞いてなかったと言い張って、勝手にコンビを解消したと主張したんだって。

「聞いた、聞いてへんの水掛け論じゃ、あたし達でもどうしようもないんとちゃう?」

「ネタ作りに夢中になって、本当に聞いてなかったんじゃないのって、私達も言ったんだけど、みほちゃんは、間違いなく信子ちゃんは聞いていた。信子ちゃんは大嘘《うそ》つきだって言い張るの」

はづきちゃんの言葉に、あたしはハッとした。

「あっ、嘘つきで、思い出した。信子ちゃんが、話し終えた時、アヒル口になってたんだ」

「アヒル口⁉ それって、信《のぶ》ちゃんが嘘をつく時の癖やないか!」

「でしょう!」

「ってことは、信子ちゃんは、一緒に受験しようっていうみほちゃんの話を聞いていた」

「聞いていながら、聞いてないフリをして、受験しなかった」

「それればかりか、自分からコンビを解消した」

あたしとはづきちゃんが、テンポよく会話していると、あいちゃんが、

「ちょっと待ちぃな」

と、会話を止めた。

「どうして、そんな嘘までついて、信ちゃんは、あんなに仲が良かったみほちゃんとのコンビを解消しようとしたんやろ？」

「確かに、おかしいわね。なんか、受験の話より前に、コンビを解消しようとしていたみたいだわ」

「どうして、そんなことを？」

「それは、信ちゃんに聞いてみないと分からへん。よっしゃ！　そうと分かったら、今度はあたしの出番や！」

あいちゃんは右手の拳《こぶし》をギュッと握り締めた。

◇

翌日の日曜日、午後の二時から四時まで、マジョリカから休みの許可をもらって、美空《みそら》公園に行くことにした。

あたしとはづきちゃんは、昨日の信子ちゃんの話を伝えて、みほちゃんを公園まで連れ出して、ベンチの後ろの植え込みの裏で、身を潜めていた。

すべては、あいちゃんの指示だった。

あいちゃんは、信子ちゃんが毎週、日曜日の午後、ダイエットを兼ねてジョギングしているのを、学校で聞いており、一緒にジョギングしながら、真相を聞きだそうという作戦だ。

あたし達が、公園に着いた時、あいちゃんと信子《のぶこ》ちゃんは、一緒に公園内の遊歩道をジョギングしていた。

あいちゃんは、信子ちゃんを疲れさせ、あたし達が隠れている植え込みの前のベンチに連れてきて、話を聞きだそうと、ジョギングのスピードを、信子ちゃんに気づかれないように、徐々に上げていった。

これが、功を奏して、肩を並べて走っていた信子ちゃんも疲れて遅れ始め、ついには、走るのをやめてしまった。

「あいちゃん、待って。もうダメ～……」

と、ベンチの近くで、地面に座り込んだ。

「信《のぶ》ちゃん、大丈夫か？」

あいちゃんは、信子ちゃんに肩を貸して、あたし達の前のベンチまで連れてきて、二人で腰掛けるのに成功した。

二人は、持参したスポーツドリンクを飲みながら、たわいのない話をした。

「ほんま、ええ汗流せたし、信ちゃんと仲直りできて良かったわ」

「私も良かった。どれみちゃんに感謝しなくちゃね」

ここまでは、あいちゃんが思い描いた作戦どおりに進んだんだけど……。

「そんでな、信ちゃん……」

と、あいちゃんが、話題をみほちゃんに振ろうとした時だった。

「ストップ！　あいちゃん、どれみちゃんから聞いてると思うけど、また喧嘩《けんか》したくないから、言っておくね。私の前で、丸山《まるやま》みほちゃんの話はしないで」

このあたりの勘は、信子ちゃんは本当に鋭い。

植え込みの裏で、あたしがみほちゃんを見ると、怒りで小刻みに肩を震わせていた。

ま、まずい……。

はづきちゃんが、その肩を抱いて、なだめてくれているけど、今にでも飛び出していくんじゃないかと、ハラハラした。

「そやけど……」

あいちゃんが、なおも食い下がろうとしたが、信子ちゃんは、立ち上がり、

「あいちゃん、悪いけど、私帰るわ」

「ちょっと待った――っ！」

と叫んだのは、あいちゃんでも、みほちゃんでもなくて、あたしだった。

叫んだと同時に、ベンチの裏から飛び出していた。

「どれみちゃん……！」

あいちゃんは、思わず手で額を叩《たた》き、天を仰いだ。

「なーんだ、どれみちゃんもいたんだ。ほんと、お節介なんだから」

「お節介で結構だよ。あたし、どうしても、信子《のぶこ》ちゃんの真意が知りたいの！　どうして、嘘《うそ》までついて、みほちゃんとのコンビを解消しようとしたの？」

「何、言ってるの？　私、嘘なんかついてないわよ」

信子ちゃんはアヒル口で言った。

「そのアヒル口が、嘘だって言ってるで、信《のぶ》ちゃん」

あいちゃんの指摘に、信子ちゃんは、慌てて両手で口を隠し、

「とにかく、私、帰る！」

と去ろうとしたが、あたしが素早くその前に、両手を開いて立ち塞《ふさ》がった。

「どれみちゃん、どうして、頼みもしないのに、そうやってお節介ばかり焼くの？」

「それは……」

「私達、小学生じゃないのよ！　もう大人なんだから、どんな問題だって、一人で解決できるんだから！　ほんと、どれみちゃんには、うんざりだわ！」

「！　――」

信子ちゃんの言葉が、グサッとあたしの胸に突き刺さった。

「信ちゃん、それ、言いすぎや！」

あいちゃんが、反論しようとしたが、あたしは懸命に声を振り絞って言った。

「あたしはうんざりされても構わない……嫌われても構わない……でも、みほちゃんにだけは、本当のことを言ってあげてよ」

「いい加減にしてよ！　どうして、そうやって、人の心の中に土足で入り込んでくるの？」

「だって……あたしは、横川《よこかわ》信子ちゃんの小説のファンだし、美空小町《みそらこまち》の漫画のファンだもん！」

興奮しているのか、自分でも分からないけど、涙が溢《あふ》れて、信子ちゃんが滲《にじ》んで見えた。

「どれみちゃん……」

あいちゃんが歩み寄ってきて、あたしの肩を優しく抱いてくれた。

「信ちゃん、あたしもどれみちゃんと同じや。小学校の時から、ずうっと大ファンや！」

信子ちゃんは、目を閉じると、項垂《うなだ》れた。

しばらく沈黙が続いた後、ポツリと口を開いた。

「みほみほは、私とコンビを組むより、別の原作者と組んだほうがいいのよ」

「えっ、どういうこと？」

あたしが涙を拭《ふ》きながら尋ねた。

「聞いちゃったのよ。みほみほと編集者の会話。あれは、漫画コンクールに応募しても佳作ばかり続いたものだから、みほみほと雑誌社を訪ねて、編集者にアドバイスを聞きに行ったことがあったの」

そう言うと、信子《のぶこ》ちゃんは、ベンチに戻って、腰掛けた。

あたしとあいちゃんも続いて、横に腰掛けた。

「参考になるアドバイスをもらって、頑張れって励まされたわ。そして、帰る前、私がトイレに行ってる間に、その編集者は、みほみほに、こう言ってたの。『君の絵は素晴らしい。原作の子のぶっ飛んだ話より、もっとちゃんとした原作者と組めば、すぐにでもデビューできるよ』ってね」

「そ、それ、聞いちゃったんだ?」

「トイレの場所が分からなくて、戻ってきちゃったんだよね。正直に言うと、心がズタズタになるくらいショックだった……」

「信《のぶ》ちゃん……」

あいちゃんが、信子ちゃんの右手に、自分の右手を重ねた。

信子ちゃん、その手の甲を左手で軽く叩《たた》くと、

「でもさ、みほみほだけでも、プロの漫画家になれるんなら、私が悪者になってもいいかなって、思っちゃったりしたわけさ、横川《よこかわ》信子さんは」

と、茶化しながら言った。

「やっぱり、信子ちゃんは、信子ちゃんだね」

あたしは嬉《うれ》しくなって、信子ちゃんの肩を抱こうとした時、背後から両手が伸びてきて、抱き締めた。

「えっ⁉」

信子ちゃんが驚いて、後ろを振り返ると、涙で顔がぐしゃぐしゃになったみほちゃんだった。

「み、みほみほ……⁉」

「信子ちゃんがあの話を聞いてたなんて知らなかった。どうして、言ってくれなかったの？」

「カッコ悪いじゃん……みほみほは認められたのに、私はお荷物扱いでさ」

「そんなことないよ！　私の絵が上手《うま》くなったのは、信子ちゃんのお話が面白いから、それを活かそうとして、試行錯誤した結果よ」

「ありがとう……」

信子ちゃんの顔に、笑みが戻った。

「それにね、あの編集者さんから、あの後、有名な原作者の原作が送られてきて、それをもとに漫画を描きなさいって言ってきたの」

「それは良かったじゃない」

「良いわけがないわ！　すぐに断って、原作を送り返したわ」

「どうして？　プロデビューできるっていうのに」

「私は、美空小町《みそらこまち》でなきゃ、漫画は描かないわ……信子《のぶこ》ちゃんと一緒じゃなきゃね！」

「みほみほ……」

　みるみる二人の目に涙が溜《た》まっていった。

　あたしは、あいちゃんと、みほちゃんの後ろで、もらい泣きをしているはづきちゃんに、目配せして、静かにその場を離れた。

　一週間後、あたし達は、『美空小町』の新作の漫画を読むことになった。

　コンビが復活したことも嬉《うれ》しかったが、漫画自体も、抱腹絶倒の傑作だったことがもっと嬉しかった。

第三章

いざ北海道へ

「もうこれ以上、食べられましぇん。勘弁してくだせぇ」

あたしは、膨れ上がったお腹《なか》を撫《な》でながら、泣き言を言っていた。

目の前には、次から次へと、毛ガニが横歩きでやって来ては、あたしの口を目掛けて這《は》い上《あ》がってくる。

しょうがないので、毛ガニを食べると、また別の毛ガニが這い上がってくる。

ついには、パンパンに張ったあたしのお腹が、耐え切れずに、バーン！　と破裂した。

「うわあああああ！」

自分の悲鳴に、思わず、あたしは目を覚ました。

「ど、どれみちゃん！」

ここは、新千歳《しんちとせ》空港行きの飛行機の機内で、あたしの左右の席に座っていたはづきちゃんとあいちゃんが、あたしの口を塞《ふさ》いでいた。

「ぐ、ぐ、ぐるじい……」

「もう変な叫び声を上げない？」

はづきちゃんが小声で訊《き》いてきたので、あたしは何度も頷《うなず》いた。

安心したのか、二人は手を離した。

周りの乗客達が、こちらを怪訝《けげん》な顔で見ている。

「すんません。ご迷惑かけて」

あいちゃんが頭を下げて、謝った。

「どれみちゃんも謝らなぁ」

「ど、どうも……」

無理矢理あたしも頭を下げさせられた。

途端に、あちこちから笑い声が漏れ、和やかな雰囲気になった。

「どれみちゃんったら、いったいどんな夢見てたの？」

はづきちゃんが、小声で訊いてきた。

「毛ガニが……」

と言いかけたが、これ以上恥を晒《さら》すわけにはいかないと思い、あたしは沈黙した。

北海道へ行くから、名物の毛ガニの夢を見る自分の単細胞ぶりに、我ながら呆《あき》れ返《かえ》った。

さて、なぜ、あたし達三人が、新千歳空港行きの飛行機に乗っているかと言えば、話は昨日に戻らなければならないんだよね。

おんぷちゃんの自宅の前で、あたし達に話しかけてきた記者の女性週刊誌が、大々的におんぷちゃんの特集記事を載せたんだ。

おんぷちゃんの人気が急落した最大の原因が、大ヒットした映画の『ガザマドン』シリーズの後に、二番煎《せん》じとして製作した『ザガイドン』が、興行的に大ゴケしたことだと、分析していた。

当時、おんぷちゃん自身も認めていて、あたし達にも話してくれたことだったので、まともな記事もあったけど、許し難い記事もあった。

単なる噂《うわさ》にすぎないのに、自宅が売りに出されているとか、おんぷちゃんが行方をくらましているのは、お金のために、セクシーショットの写真集を作っているのではないかとか、根も葉もない誹謗《ひぼう》中傷だった。

もちろん、そんなことはないと信じているけど、あたし達は居ても立ってもいられなくなり、マジョリカに相談したんだ。

すると、またしても魔女見習いになることを勧めてきた。

おんぷちゃんが戻ってきて、ＭＡＨＯ堂の一員になれば、売り上げが上がるだろうという打算が見え見えだったので、あたし達はきっぱり断った。

その代わりに、バイト代を前借りして、すぐにチケットを手配して、機上の人となったってわけ。

◇

八時に羽田《はねだ》を発《た》った飛行機は、九時三五分に、新千歳《しんちとせ》空港に到着した。

それから、JR北海道の快速エアポート号で、三十数分ほど揺られて札幌《さっぽろ》駅に到着した時には、十一時近くなっていた。

五時起きで、早めの朝食を食べていたので、お腹《なか》の虫がグーグー鳴いていた。

「早いけど、お昼ごはんにしようよ」

「ええっ⁉　機内でお菓子を一箱食べてたやないか？」

「お菓子は別腹だよ。ねえねえ、味噌《みそ》ラーメンにする？　それとも、ジンギスカン鍋《なべ》？」

「どれみちゃん！　私達は、おんぷちゃんに会いに来たのよ！　観光や食事に来たわけじゃないのよ！」

「はづきちゃんの言うとおりや！　まずは、おんぷちゃんのお父さんの会社へ行こっ。ラーメンを食べてる暇なんかない！」

「で、でも、『腹が減っては戦はできん』って諺《ことわざ》もあるし……」

いきなり、二人があたしの左右の腕を摑《つか》むと、引きずるようにしてズンズン歩きだした。

「ちょ、ちょっと！　あたしが悪かった！　分かったから、放して！」

あたしが泣きを入れた途端、

「あっ！」

と、二人が驚きの声を上げて、立ち止まった。

「どれみちゃん、前のあの歩き方、見覚えないか？」

あいちゃんが、ステッキを突きながら前を歩いている長髪で巻き毛の男性を指差した。

その男性は、モンローウォークよりさらに激しくお尻《しり》をクネクネして歩いていた。

「あの歩き方は、間違いないわ！」

はづきちゃんが興奮して言った。

あたしも、見覚えはあったが、なかなか名前が出てこなかった。

「オヤジよ、オヤジ！」

はづきちゃんがさらに興奮しながら叫んだ。

「オヤジ？　オヤジ……ああっ！」

完全に思い出した。

「オヤジーデ！」

あたし達が同時に叫ぶと、その男性は、まるでダンサーのように華麗にターンして、こちらを向いた。

間違いなく、魔法使いのアレクサンドル・T《田吾作》・オヤジーデだった。

オヤジーデとは、ハナちゃんを巡って、敵味方になったりもしたけど、基本的には、子供好きの優しいオヤジなんだ。

それに、大のおんぷちゃんファンで、ファンクラブの会員ナンバー7っていうのが、自慢なんだよね。

「おおっ、あなた達は、どれみっちに、はづきっちに、あいこっちじゃあーりませんか！」

「オヤジーデ、久しぶり！」

あたし達はオヤジーデに駆《か》け寄《よ》り、再会を喜び合った。

「オヤジーデ、どうして、札幌《さっぽろ》に来たの？」

「どうもこうもありません。これを見て、心配になりましてね」

オヤジーデは、おんぷちゃん特集の例の女性週刊誌を上着のポケットから出した。

「私達と同じで、おんぷちゃんを捜しにきたってわけ？」

「ウィー」

「それにしても、ようおんぷちゃんが札幌にいるって分かったなぁ？」

「ＭＡＨＯ堂に寄ったら、あなた方がこっちに行ったたって、聞いたものですから」

「なんだ、そっか。でも、オヤジーデと一緒なら、魔法でおんぷちゃんを捜してもらえるから、チョー助かるじゃん！」

あたしがニコニコ顔で言うと、オヤジーデは、急に表情を曇らせて、

「それが、何度もこのステッキを使って、魔法でおんぷちゃんの行方を捜したのですが、全然反応がなくて……」

「魔法なら、すぐに捜しだせるんじゃないの？」

と、あたしが不満顔で尋ねると、

「札幌《さっぽろ》市内にいるんならＯＫなんですが、市外にいるのなら、魔法でも無理です」

と、オヤジーデは申し訳なさそうに答えた。

「ってことは、せっかく札幌まで来たのに、無駄足だったたっちゅーわけか」

あいちゃんがガックリと肩を落としたが、

「でも、おんぷちゃんのお父さんに会えさえすれば、おんぷちゃんの居場所も聞き出せるわ」

「トレビアン！」

はづきちゃんの言葉に、オヤジーデが歓喜して、あいちゃんも顔も上げた。

はづきちゃんのお父さんが転勤した鉄道会社の札幌支社は、札幌駅の近くの高層ビルに

あった。

あたし達は、オヤジーデと一階の正面玄関に入って、受付に近づいていった。

だが、オヤジーデの変な歩き方に気づいた警備員二人が、駆《か》け寄《よ》ってきて、職務質問をしてきた。

「私は怪しい者ではありません！　これでも幼稚園の園長なんですよ！」

「どこの幼稚園ですか？　確認を取りますから、電話番号を教えてください」

警備員の追及に、

「魔法使い界の幼稚園ですから、電話をかけられても……」

つい本音が出てしまい、

「魔法使い界？　おかしな奴《やつ》だな！　事務所まで来てもらいましょうか！」

いきなり、オヤジーデが捕まりそうになったので、とりあえず、あたし達はその場を逃げ出した。

「こ、こらっ、待て――っ！」

警備員達が追いかけてきた。

「仕方ありませんね」

オヤジーデがステッキを振ると、煙と共に、ロビーの床にたくさんのパチンコ玉が出現した。

魔法が発動したのだ。

警備員達は、パチンコ玉に足をとられて、悲鳴を上げながら転倒した。


なんとか、警備員達を振り切って、逃げ抜いたあたし達は、鉄道会社の支社のビルの正面玄関が見下ろせる喫茶店の中で、善後策を練っていた。

あたし達もオヤジーデの一味と思われてるだろうから、受付で、おんぷちゃんのお父さんと会いたいと言っても、会わせてもらえないのは確実だった。

「何か、いいアイデアはないかしら？」

「そう言われてもなぁ……」

と、あたしが半ば諦《あきら》め気味にぼやいた時、

「ちょっと、あれ、見てや！」

支社のビルを見ていたあいちゃんが叫んだ。

あたし達が見ると、先程の警備員達や数人の社員がお辞儀をしている間を通って、いかにも偉そうな初老の男性が、高級車に乗り込んでいた。

「ほほう！　あれは使えそうですね！」

そう言うなり、オヤジーデがステッキを振ると、たった今、高級車に乗り込んだ初老の男性に変身した。

オヤジーデが変身したのは、ラッキーなことに、なんと鉄道会社の副社長だった。
まんまと、副社長に変身して、支社のビルに入り込んだオヤジーデは、おんぷちゃんのお父さんが、夕方、札幌《さっぽろ》駅を出発する寝台特急の運転をすることを聞きつけて、あたし達のもとに戻ってきた。

あたし達は、寝台特急の出発時間まで、たっぷり時間があったので、オヤジーデの奢《おご》りで、ジンギスカン鍋《なべ》に舌鼓を打つことができた。

◇

札幌駅の寝台特急が停《と》まっているホームで、あたし達はおんぷちゃんのお父さんが、運転席に乗り込む前に、話をしようと、待ち構えていた。
すると、出発時間の二〇分ほど前に、ついに、おんぷちゃんのお父さんは、ホームに現れた。

「おんぷちゃんのお父さん！」

オヤジーデは、また怪しまれるといけないから、少し離れたところでこちらを見ている。

「ああっ、君達は……どれみちゃんに、はづきちゃんに、あいちゃんじゃないか！」

「お久しぶりです、おじさん」

挨拶《あいさつ》もそこそこに、あたし達は、どうしてもおんぷちゃんの元気な顔が見たくて、ここまでやってきたことを話した。

「わざわざ、すまなかったね」

「おんぷちゃん、元気なんですか？」

おんぷちゃんのお父さんは、一瞬ためらいの表情を浮かべたんだけど、

「……ああ、私の前では元気に振る舞ってるんだが、いろいろあってね……」

「いろいろって……？」

はづきちゃんが尋ねたが、お父さんはそれには答えず、話題を変えた。

「おんぷはね、みんなに何も話さず、北海道に来てしまったことや、新しく買い換えたケータイの番号やメールアドレスを知らせなかったことを、とても気にしてたよ」

「ああ、それで繋《つな》がらなかったんや」

「最近、マスコミがうるさくてね。おんぷは、落ち着くまで、どれみちゃん達に迷惑かけたくないと思ってるんだ。勘弁してやってくれ」

と、お父さんがあたし達に頭を下げた時、寝台特急の運転席から、副運転士が、出発時間が迫っていることを告げた。

おんぷちゃんのお父さんは頷《うなず》くと、運転席に向かおうとしたが、足を止めた。

「おんぷは、今、母親と稚内《わっかない》にいるから、心配しないでくれ。じゃあ」

そう言うと、運転席に乗り込んでいった。

「ありがとうございました！」

あたし達は、深々と頭を下げると、オヤジーデのもとに駈《か》け寄《よ》っていった。

「オヤジーデ、おんぷちゃんの居場所が分かったで！」

「稚内ですって！」

「稚内じゃ、魔法を使っても、わっかないはずだよ！」

あたしのオヤジギャグに、はづきちゃんは吹きだし、

「しょーもなっ」

と、あいちゃんがすぐさま突っ込んできたが、オヤジのはずのオヤジーデは、まったく無反応だった。

「オヤジーデ、魔法であたし達を稚内まで、連れてってや」

と、あいちゃんが言った時、笑わない理由が明らかになった。

「皆さん、残念だけど、もうタイムオーバーです。これから、魔法使い界に帰らなくては

ならないのです」

オヤジーデが言うには、魔法使い界で働いている幼稚園は、今、ウィザードペンペン草が元気になり、次々と魔法使いの赤ちゃんが生まれてきたため、保育士不足で、今日も半日しか休みが取れなかったんだって。

「あたし達も同じだわ。そろそろ、新千歳《しんちとせ》空港に向かわないと、飛行機に乗り遅れるわ」

はづきちゃんが、残念そうに言った。

結局、あたし達は、オヤジーデと札幌《さっぽろ》駅で別れると、稚内《わっかない》に行かずに、後ろ髪を引かれる思いで、新千歳空港へ向かう電車に乗り込まなければならなかった。


新千歳空港でも、さらにショックなことがあったんだ。

あたし達が搭乗手続きをしていると、到着口から、例の女性週刊誌の記者が出てくるのを目撃した。

「な、なんで、あいつが……？」

「気づかれたら、まずいわ。顔を伏せましょう」

はづきちゃんの指示どおりにしたんで、あたし達は、記者に気づかれないですんだ。

「どうして、ここにいるのさ」

　あたしが、遠ざかる記者の後ろ姿を睨《にら》みながら呟《つぶや》くと、

「きっと、おんぷちゃんが北海道にいることを突き止めたんじゃないかしら」

「見つけ出されるのも、時間の問題やな……」

　はづきちゃんとあいちゃんが、唇を嚙《か》みしめた。

◇

　帰りの飛行機の中も、羽田《はねだ》空港に迎えにきてくれたはづきちゃんのお父さんの車の中でも、あたし達は、ほとんど口をきかなかった。

　日帰りにしたことを後悔していたのだ。

　もう一日あれば、おんぷちゃんに会いに行けたのに……。

　ところが、車が美空《みそら》市に入ってきた時、あたし達は夜空に輝いている満月に気づき、同時に声を上げた。

「笑う月だ！」

　笑う月とは、月が笑っているように見える現象で、笑う月が出る晩に、人間界と魔女界が繫《つな》がり、魔女も人間も行き来できるんだ。

　あたし達は、顔を見合わせた。

言葉はいらなかった。

あの記者より先に、おんぷちゃんを捜しだそうと思った。

そのために、あたし達は、魔女見習いとなることを決心していた。

◇

MAHO堂の裏庭に出入りする時に使うドアを開けると、そこは中庭ではなく、魔女界に繋《つな》がる道が遥《はる》か彼方《かなた》まで伸びていた。

笑う月の晩だけに起こる超常現象だと思ってもらえばいい。

ここにやって来ると、不思議な気持ちになるんだよね。

空間は歪《ゆが》んでいるし、ピアノの鍵盤《けんばん》や楽譜が宙に浮いているし、シュールって言葉が、ピッタリするかな。

そんなシュールな景色の中を、あたし達は徒歩で進んだ。

昔なら、魔法のホウキで、ひとっ飛びで女王様のお城まで行けたんだけど、歩きだと、結構時間がかかるんだよね。

でも、そのお陰で、いろいろ話し合いができて、良かったよ。

魔女になることを、三年前にあれほど堂々と、女王様や元老院の魔女達の前で、断ったのに、魔女見習いに戻るんだもの、それなりの覚悟がいるし、いくら、おんぷちゃんを捜すためとはいえ、魔法を無闇《むやみ》に使うのも気が引けたので、自分達で、ルールを作ったんだ。


結局、一時間ほど歩き、お城に到着したあたし達は、謁見の間で、女王様にお目にかかることになった。

あたし達より一足早く到着していたマジョリカとララが、女王様や元老院の魔女達に事情を話していてくれたお陰で、再会の挨拶《あいさつ》が終わると、すぐに女王様は、世話係のマジョリンに、見習いタップを持って来させた。

タップを見た途端、あたし達は瞳《ひとみ》を輝かせた。

「うわあ、見習いタップだわ！」

「こんな小さかったたっけ？」

「アホやなぁ。タップが小さいんじゃなくて、あたしらが大きくなったんや」

「はは、それもそうだね」

その時、女王様は、満面の笑みを浮かべて、

「さあ、受け取りなさい」

「本当にいいんですか？　あたし達が魔女見習いになっちゃって」

「いいも悪いも、あなた達は、魔女界にとっては、大恩人です。当然です」

そう言うと、女王様は、人間の青年と恋に落ちたばかりに、深い哀しみに陥り、長い間眠り続けていた先々代の女王様マジョトゥルビヨンを目覚めさせ、彼女がかけた魔女ガエルの呪《のろ》いを解いたあたし達の活躍を、褒めたたえてくださったんだ。

「さあ、受け取りなさい」

その時、頭《こうべ》を垂れて、聞いていたはづきちゃんが、顔を上げた。

「女王様、タップを受け取る前に、私達の話を聞いて頂けませんか？」

女王様が頷《うなず》いたので、

「私達、ここに歩いて来る途中、魔女見習いになる自分達について、真剣に話し合ったんです」

続いて、あいちゃんも顔を上げて、

「うちらなりに、ルールを作ってみたんです」

「ルール？」

女王様の左右に控えていた元老院の魔女達が、驚きの声を上げた。

そこで、あたし達が説明したんだ。

「魔法ってすごく便利じゃありませんか？　つい楽をしようと思って、使っちゃいそうじゃありませんか？」

女王様は、あたし達の真意がまだ分からず、曖昧《あいまい》な笑みを浮かべている。

「それに、あたし達は一度魔女になることを拒否してますから」

「あまりにも勝手すぎると思ったんです」

あいちゃんが続けて言うと、はづきちゃんも、

「だから、魔女見習いになっても、魔法は自分のために使っちゃいけないことにしてほしいんです」

と、真剣な表情で言った。

女王様は納得したのか、大きく頷き、

「そうですか。つまり、魔法はあくまでも、自分以外の人達のために使おうと言うのですね？」

「はい！」

あたし達は大きな声で返事をした。

「分かりました。もし、自分のために、魔法を使ってしまったら……」

「魔女ガエルでもなんでもしてくださって、結構です」

あたしはきっぱり言った。

途端に、あたし達の後ろで控えていたマジョリカが、

「お前達、本当にそれでいいのか？」

あたし達は振り返り、頷《うなず》いたが、

「特に、どれみなんかすぐに自分のために使っちゃいそうだけど……」

ララが心配そうに言った。

ギクッ！

一瞬、あたしがたじろいだ時だった。

「魔女ガエルの呪《のろ》いは、先々代の女王様しか使えない魔法です。では、こうしましょう。もし、あなた方のうちの一人でも、自分のために魔法を使った瞬間、その三つの魔女見習いタップが、消滅してしまうのはどうでしょう?」

あたし達は顔を見合わせ、頷き合うと、

「それで、結構です」

と、声を揃《そろ》えて言った。

女王様は満足そうに頷くと、マジョリンを呼び寄せ、何やら呪文《じゅもん》を唱えながら、三つの魔女見習いタップに向かって右手をかざした。

次の瞬間、三つのタップが輝きだした。

輝きはすぐに消え、マジョリンが改めて、タップをあたし達の前に運んできた。

「さあ、取りなさい」

あたし達は頷き、それぞれタップを取った。

「使い方は分かりますね？」

マジョリンが冷静に尋ねてきた。

「真ん中のボタンを押せば、見習い服が出てくるんだったよね？」

「はい。ただし、普通にタップのボタンを押せば、小学生サイズの見習い服しか出ません。ボタンを押す時に、現在の自分の体に合った見習い服をイメージすれば、イメージどおりのものが出てきます」

と、マジョリンが説明してくれたみたいなんだけど、あたしはちゃんと聞いてなくて、早く魔女見習いになりたい一心で、タップの真ん中のボタンを押していた。

すぐに、魔女見習い服がタップから飛び出してきた。

さあ、お着替えタイムだ！

タップから流れてくる音楽が終わるまでに着替え終えなくちゃいけないんだよね。

ところが——、

「えっ⁉　な、何、何⁉　頭が入らない！」

それでも、強引に頭を入れ、なんとか着替え終わった途端、

「どれみちゃん、パンツ丸見えやで」

「えっ⁉　うわあああ、なんで⁉」

慌てまくるあたしを見ながら、はづきちゃんが、

「どれみちゃんって、ほんと人の話、聞いてないのね。ボタンを押す時に、現在の自分の体に合った見習い服をイメージしなさいって、マジョリンさんが言ったのに」

と、溜《た》め息《いき》まじりに言った。

「えっ、そうだったの？　は……ははは」

「ったく、お前って奴《やつ》は」

マジョリカが呆《あき》れ返《かえ》って、指を鳴らした。

途端に、シュッと小さめの見習い服が、タップの中に吸い込まれた。

「ほなら、あたしがビシッと着替えたる！」

あいちゃんは目を閉じて、自分の体に合った見習い服をイメージすると、

「よっしゃっ！」

タップの真ん中のボタンを押した。

すると、青色を基調にしたカッコいい魔女見習い服が出現し、素早く着替えて、最後に庇《ひさし》のついた帽子を被《かぶ》ると、

「プリティー、ウィッチー、あいこっちー！」

と言って、決めポーズを取った。

「うわあ、そのフレーズ、懐かしい！　私もやろうっと」

はづきちゃんは、あいちゃん同様、見習い服をイメージして、タップのボタンを押した。

オレンジ色を基調にしたカッコいい魔女見習い服と帽子が出てきて、素早く着替えると、

「プリティー、ウィッチー、はづきっちー！」

と言って、決めポーズを取った。

「うわあああ、カワイイ！　よーし、あたしも！」

今度は、ちゃんと頭の中で、着たい見習い服をイメージして、タップのボタンを押した。

イメージどおりのピンク色のカッコいい魔女見習い服と帽子が出現。

大きさもピッタリだ。

あたしは、二人同様、素早く着替えて、

「プリティー、ウィッチー、どれみっちー！」

見事にお着替え成功で、決めポーズを取ると、両脇《りょうわき》に、はづきちゃんとあいちゃんが近づいてきて、

「魔女見習い、バージョンじゅうろく！」

三人でカッコいい決めポーズを取った。

「次は、ポロンだね！　ド・ミ・ソ・ドだったよね？」

「そう！」

「ほな、いくで！」

あたし達は、胸についているタップの『ド』、『ミ』、『ソ』、高い『ド』のボタンを押した。

途端に、それぞれのタップからクルールポロンが飛び出した。

「うわあ、クルールポロンだわ！　てっきり、プワプワポロンだと思ったのに……」

はづきちゃんが驚くのも無理はなかった。

あたし達が七年前に、魔女見習いになった時、タップから出てきたポロンは、あたしがペペルトポロンで、はづきちゃんがプワプワポロンで、あいちゃんがポップンポロンだった。

あっ、ポロンっていうのは、魔法を使う時の魔法アイテムというか、楽器なんだよね。ポロンの中に魔法玉を入れないと、魔法が使えないの。

そして、このクルールポロンは、六級の試験に合格した魔女見習いが、それまで使用していたポロンと、各自の愛用の楽器を合体させたもので、あたしはおもちゃのピアノ、はづきちゃんは最初に買ってもらったヴァイオリン、あいちゃんは幼い頃《ころ》両親に買ってもらったハーモニカを合体したんだった。

あたし達が、クルールポロンを驚きの表情で見ていると、マジョリンが、

「マジョリカから事情を聞いた女王様が、クルールポロンのほうが、高度な魔法が使えて、より便利だとおっしゃったのです」

と言うと、すかさず、マジョリカとララがフォローして、

「お前達の愛用の楽器は、わしが魔法で人間界から移動させておいたんじゃ」

「それを、女王様がさっき魔法でポロンと合体させてくださったのよ」

あたし達は、女王様の心遣いに感激し、

「何から何までありがとうございます！」

と言って、深々と頭を下げた。

女王様に見送られて、あたし達は、魔法のホウキで、お城を後にした。

◇

翌日の日曜日、MAHO堂はマジョリカに任せて、あたし達は、魔法のホウキで北海道の稚内《わっかない》へ飛んだ。

関東、東北地方は梅雨入りしていて、雨合羽を着ての厳しい空の旅だったけど、津軽《つがる》海峡を越えた辺りで、厚い雲も切れて、真っ青な空が広がった。

「きゃっほ——っ！」

「やっぱ、魔法のホウキ、最高！」

まるでバイクに乗るようにホウキに跨《またが》って、競い合って飛ぶあたしとあいちゃんの少し後方で、小学生時代と同じで、横座りでホウキに乗ったはづきちゃんが、

「ホント、気持ちいいわね！」

と笑顔で言った。

こんな素敵な空の旅ができるんだから、やっぱ魔女見習いはいいよね！

◇

早朝五時に美空《みそら》市を出発してから、六時間後の十一時に、あたし達は、日本の最北端の街、稚内《わっかない》に到着した。

まったく土地勘がないので、とりあえず、駅前の一番高いビルの屋上に、誰《だれ》もいないのを確認してから舞い降りた。

「おんぷちゃん、どうやって捜す？」

はづきちゃんが尋ねてきた。

「ここは、マジカルステージしかないっしょ！」

「魔法玉を節約したんやもんな！」

「じゃあ、決まりね！」

あたし達は、素早く、正三角形のそれぞれの頂点の位置に散り、胸に付いている見習いタップのボタンを『ド・ミ・ソ・ド』と押して、クルールポロンを出現させた。

「久しぶりで、なんかドキドキするね」

と、あたしが言うと、はづきちゃんとあいちゃんが笑顔で頷《うなず》いた。

「マジカルステージは、心を一つにしないと失敗すんねんで。どれみちゃん、ステーキのことなんか考えたらあかんよ」

「そ、そんなこと考えるはずないでしょ！」

いくらあたしがステーキ好きだからって、魔女見習いにまでなって、稚内に来たんだから、おんぷちゃん捜しが第一だよ。

「ふふ、それじゃ、マジカルステージ、始めましょう！」

はづきちゃんの声に、大きく頷き、あたしはクルールポロンを構えて、呪文《じゅもん》を唱えた。

「ピリカピリララ、伸びやかに！」

ポロンからおもちゃのピアノのメロディが流れた。

続いて、はづきちゃんが、クルールポロンを構えて、呪文を唱えた。

「パイパイポンポイ、しなやかに！」

ポロンからヴァイオリンのメロディが流れた。

そして、あいちゃんも、クルールポロンを構え、呪文《じゅもん》を唱えた。

「パメルクラルク、高らかに！」

ポロンからハーモニカのメロディが流れた。

「マジカルステージ！」

あたし達が心を一つにして叫ぶと、足元から光の輪が次々と出現して、天に向かって上昇していった。

次の瞬間、光の輪は、光のオルゴールメリーとなり、回り始めた。

「おんぷちゃんが、どこにいるか教えて！」

あたし達の声に呼応するように、光のオルゴールメリーは、光のカーテンとなり、まばゆい光があたし達に降り注いだ。

その時、上空から何か落ちてきた。

「ん？」

小さな音を立てて、三人の真ん中に落ちたのは、なんと、習字の毛筆だった。

「な、なんで、筆やねん？」

筆を拾ったあいちゃんが、首をかしげながら言った。

「久しぶりにマジカルステージを使ったから、とんちんかんな物が出てきちゃったのかなあ……？」

「そんなことないと思う。私達が初めてマジカルステージを使った時のこと、覚えてる？」

はづきちゃんが、少しずり下がった眼鏡を上げながら尋ねてきた。

「なんの時だったかなぁ」

あたしはよく覚えてなかったが、

「ドドが家出した時や」

あいちゃんは、しっかり覚えていた。

「ああ、あの時か……」

些細《ささい》なことで、あたしと喧嘩《けんか》して、家出した妖精《ようせい》のドドを捜すために、三人で初めてマジカルステージを使ったんだ。

「うんうん、思い出した。あの時は、確か、ドドとはまったく関係ない物が出てきて、わらしべ長者みたいに、いろんな物と交換していって、最終的には、あたしの部屋に戻っていたドドに辿《たど》り着《つ》いたんだよね」

「ちゅーことは……」

あいちゃんがウィンクしながら言うと、

「この筆を持って歩いていれば、おんぷちゃんに辿り着けるってことかぁ！」

あたしはその筆を摑《つか》んで、天にかざした。

こうして、あたし達は、筆が目立つように、代わる代わる持ちながら、稚内《わっかない》駅の周辺を歩き回ったが、行き交う人の大部分は、無反応だった。中には、怪訝《けげん》な表情を浮かべる人、露骨に見ないフリをする人もいたけどね。

無理もないよね。筆をこれみよがしに突き出して歩く、派手な魔女見習い服を着た女子高校生の三人組なんだから……。

「ああ――――っ！」

突然、あたしが叫び声を上げた。

「ど、どうしたの、どれみちゃん？」

「おんぷちゃん、見つかったんか？」

「違うよ。あたし達、魔女見習い服のままだよ。これって、まずくなくない？」

「確かに！」

自分達の姿を見て、はづきちゃんとあいちゃんが大きく頷《うなず》いた。

コスプレした変な高校生だよ、あたし達って。

それに、ここは秋葉原《あきはばら》じゃないしね。

あたし達は、路地に駈《か》け込《こ》み、タップを叩《たた》いていつもの服に戻り、港のほうへ歩きだした。

するとすぐに――、

「お姉ちゃん、その筆、貸してくれないかな？」

と、声をかけてきたのは、コンビニのビニール袋を下げた、推定年齢三五歳と思われる男性だった。

「さっきから、くしゃみが出そうなんだけど、なかなか出なくて、気持ち悪いんだ」

「あっ、分かります。その気持ち。良かったら、使ってください」

筆を持っていたはづきちゃんが、推定年齢三五歳の男性に筆を渡した。

男性は、筆先を自分の鼻の穴に入れて、撫《な》でた。

「ハァ……ハァ……ハックションションションション！」

こんなくしゃみをするのは、うちのお父さん世代だよね。

推定年齢を四五歳に変更します。

「ああ、さっぱりした！」

推定年齢四五歳の男性は、心からそう言うと、コンビニ袋からチョコレートを出して、

「お姉ちゃん、ありがとうよ。これ、良かったら、食ってくれ。お礼だ」

はづきちゃんに、筆と一緒に板チョコを渡し、去っていった。

た。

「なんや、わらしべ長者っぽくなってきたな」

「今度は、チョコレートが何にかわるのかしら。楽しみだわ」

はづきちゃんは、ワクワクしながら、もらった板チョコを前に突き出して、歩きだした。

おいおい、はづきちゃん、本来の目的は、おんぷちゃん捜しなんですけど。

あたしとあいちゃんは、顔を見合わせ、苦笑すると、はづきちゃんの後に続いた。

すると、フェリー乗り場の前で、推定年齢三八歳の女性と推定年齢七〇歳の女性が口論していた。

典型的な嫁・姑《しゅうとめ》の争いだった。

触らぬ神に祟《たた》りなし。あたし達は見て見ぬフリをして、二人の前を通り過ぎようとした時だった。

「お父さんは、羊かんなんか好きじゃないのよ！」

「そんなことありませんよ。私には、大好きだっておっしゃってました」

「それは、あんたに気を遣って言ったのよ。ほんとは羊かんじゃなくて、チョコレートが好きなんだから。それをまた羊かんなんか買ってきて」

と、お嫁さんが義父のために買ってきた土産の羊かんが、どうやら原因らしい。

そこで、すかさず、はづきちゃんが板チョコを二人に差し出して、

「良かったら、これ、どうぞ」

と言うと、推定年齢七〇歳の姑は、

「あら、悪いわね」

と板チョコを受け取ると、

「タダで頂くのは悪いわね。良かったら、これと交換して」

推定年齢三八歳のお嫁さんから羊かんの包みを奪い取り、はづきちゃんに渡した。

「ミチコさん、帰るわよ」

「あ、はい！」

さっさと歩きだした姑を追いかけながら、お嫁さんは、あたし達にペコペコとお辞儀をして、去っていった。

あたし達が見送っていると、あいちゃんが微笑《ほほえ》みながら言った。

「いい感じやん。マジカルステージが作動してるんとちゃう？」

「だよね！　ねえねえ、はづきちゃん、その羊かん、そのままじゃ羊かんって分かんないからさ、包みを破って、中身を見せたら」

あたしの提案に、はづきちゃんは笑顔で頷《うなず》き、羊かんを箱から出して、包みを破った。

美味《おい》しそうな栗《くり》羊かんだった。

ところが、その瞬間、横から何かの影が横切ったかと思うと、はづきちゃんの手から羊かんが消えていた。

「えっ？　ああっ！」

影が去ったほうを見ると、リードを引きずった柴犬《しばいぬ》が逃げており、その口はしっかり羊かんを咥《くわ》えていた。

あたし達が追いかけようとした時、後方から声がした。

「チャコ、待たんか！」

あたし達が振り返ると、推定年齢八五歳で、柴犬の飼い主と思われる老人が、ヨタヨタと駆《か》けてきた。

「お、お嬢さん方、すまんが、チャコを捕まえてくれ！」

「言われなくても、絶対捕まえたる！」

あいちゃんが、チャコという名前の柴犬を猛然と追いかけていった。

あたしとはづきちゃんもすぐ後に続いた。


チャコは賢い犬なのか、あたし達が追いつきそうになると、歩行者用の信号が点滅する交差点を渡ったり、わざと交通量の多い通りを横切ったりした。

その度に、先頭を走っていたあいちゃんは、大阪弁で怒鳴りつけていたが、チャコは嘲《あざ》笑《わら》うかのように逃げまくり、最後に大きな公園の中へ逃げ込んで、姿が見えなくなった。

「ほんま頭きた！　あの糞犬《くそ》、今度見つけたら、絶対捕まえて、口に手ェ突っ込んで、奥歯ガタガタ言わしたる！」

気持ちは分かるけど、あいちゃん、十六歳の乙女のセリフじゃないって。

あたしがそうツッコミを入れようとした時だった。

「えっ⁉」

あたしの後ろで、呼吸を整えていたはづきちゃんの声が聞こえた。

「どうしたの？」

「あ、あ、あれって、もしかして……！」

はづきちゃんが、一方を指差しながら驚きの表情を浮かべていた。

あたしとあいちゃんが、その指差す先を目で追うと、推定年齢一六歳と思われる美少女が、車椅子《いす》を押しながらこっちのほうにやって来るのが見えた。

車椅子には、推定年齢四〇……なんて言ってる場合じゃない！

間違いなくおんぷちゃんとお母さんだった。

その足元近くでは、チャコが羊かんを食べている。

マジカルステージがやっぱり効いたんだね。

「おんぷちゃ――ん！」

あたし達は大声を上げながら、駈《か》け寄《よ》っていった。

「ああ、あなた達は……！」

おんぷちゃんのママが、目を丸くして言った。

おんぷちゃんは、驚きの表情を浮かべていたが、すぐに悪戯《いたずら》っぽい笑顔に変わり、

「ふふ、見つかっちゃった」

と、明るい声で言った。

一年ぶりに見るおんぷちゃんは、チャイドル時代の小悪魔的で、可愛《かわい》い感じとは違って、とても同い歳とは思えない美しい女性に変貌《へんぼう》していた。

「おんぷちゃん……キレイになったな」

あたし以上に、おんぷちゃんとは会っていなかったあいちゃんが、眩《まぶ》しそうに見ながら呟《つぶや》いた。

だけど、あたしは、そんなことはどうでもよかった。

おんぷちゃんに抱きつくと、

「どうして、連絡くれなかったのよ！　同級会も来ないしさ、ケータイも勝手に換えちゃうし」

「本当にごめんなさい。いろいろあったものだから」

おんぷちゃんが、ちらっとママを見ながら言った時、羊かんを食べ終えたチャコがまた

駆《か》けだそうとした。

あいちゃんは、すぐにリードを摑《つか》んで、チャコを引き戻した。

「この犬、どないしよう?」

「飼い主のおじいさん、公園の手前まで、一緒に追いかけてきてたんだけど……」

はづきちゃんが、周囲を見回しながら言った。

「犬なら、私が見ているわ。あなた達、積もる話があるんでしょう。あっちのベンチで話したら?」

おんぷちゃんのママが、気を利かせて言ってくれた。

「ママ、ありがとう。みんな、行こう」

「うん!」

あたし達は、おんぷちゃんのママに頭を下げると、ベンチのほうへ向かった。

あいちゃんは、リードをおんぷちゃんのママに渡し、追いかけてきた。

◇

あたし達がベンチに腰掛けると、いきなりおんぷちゃんが前に来て、

「どれみちゃん、はづきちゃん、あいちゃん、全然連絡しなくてごめんなさい」

と、改めて深々と頭を下げた。

「おんぷちゃんの元気な顔を見たら、もう怒る気にもならないよ」

「ありがとう」

おんぷちゃんは、笑顔を浮かべると、

「それにしても、よくここが分かったわね？」

「実はさぁ……」

あたし達は一斉に、ポケットから見習いタップを出して、見せた。

「ああっ！　見習いタップじゃない。ひょっとして、三人とも魔女見……」

おんぷちゃんは、魔女見習いと言いそうになって、慌てて自分の口を塞《ふさ》いだ。

「別に正体を見破られても、魔女ガエルの呪《のろ》いは、発動されないから大丈夫よ」

はづきちゃんが微笑《ほほえ》みながら言った。

それから、あたし達は、自分達が魔女見習いになった経緯を話した。

「私のために……」

おんぷちゃんは、目に涙を溜《た》め、もう一度あたし達に頭を下げた。

「それより、おんぷちゃんのママ、どうして、車椅子《いす》に乗ることになっちゃったの？」

はづきちゃんが、話題を変えた。

「ママ、張り切りすぎちゃってね、軽い脳梗塞《のうこうそく》になったの」

それから、おんぷちゃんは、小学校を卒業してからの生活ぶりを話してくれた。

マジョリカの終生のライバル、マジョルカが経営していたルカ・エンターテイメントという会社に所属していたおんぷちゃんだったが、マジョルカが魔女界に帰ったことから、やむなく、おんぷちゃんのママは会社を作って、自ら社長に就任したの。

だけど、おんぷちゃんを売り込もうと必死になりすぎて、去年の暮れに、軽い脳梗塞《のうこうそく》で倒れてしまったんだって。

幸いにして、軽症だったから、言葉はなんの不自由もなく、今は歩けるようにリハビリを続けているとのこと。

「今は杖《つえ》があれば歩けるようになるまで回復したのよ。たまたま今日は、私が公園に来たかったんで、車椅子《いす》に乗ってもらっただけなの」

そう言って、おんぷちゃんは微笑《ほほえ》んだ。

「ほんま、大変やったんやなぁ」

あいちゃんが言うと、

「あいちゃんなら、絶対そう言うと思った。でも、私もあいちゃんと同じで、同情されるのは苦手」

「それで、私達にも黙っていて、ケータイまで換えてしまったのね?」

はづきちゃんが尋ねると、

「それだけじゃないわ。私のこと、嗅《か》ぎ回《まわ》っているマスコミがうるさいし、下手に教えたら、みんなにも迷惑がかかるんじゃないかと思って……」

いかにも、あたし達より大人のおんぷちゃんの心遣いだった。

「あることないこと書く、ええ加減な女性週刊誌やろ？」

「えっ？　みんなのところにも現れたの？」

「うん、まあね」

「そういう人達からおんぷちゃんを守ろうって思ったのが、魔女見習いになった理由だったの」

はづきちゃんの言葉に、おんぷちゃんは、また目に涙を溜《た》め、

「ごめんなさい。迷惑かけちゃって……」

言葉を詰まらせた。

「何言ってんのさ！　おんぷちゃんのことで、迷惑なら、いくらかかってもへっちゃらだよ！」

あたしが言うと、あいちゃんも続いた。

「ほんまや。なんてったって、あたしらは大親友やもんな」

「大親友か……なんか、久しぶりに聞いたけど、いい響きね」

ちょうど吹いてきたそよ風を気持ち良さそうに浴びながら、おんぷちゃんが言った。

「あたし達は、いつだって、どこにいたって、大親友だよ」

あたしの言葉に、おんぷちゃんは目を閉じて、何度も頷《うなず》いた。

「おんぷちゃん、これからどうするの？」

「ママが一人でも歩けるようになるまでは、こっちで介護を続けるつもり」

「高校とかは？」

「今住んでるおじさんの家から、こっちの高校に通ってるわ」

おじさんというのは、おんぷちゃんの父方の本家の人で、おんぷちゃん親子は、その離れの家に住んでいるんだって。

「芸能界のほうは、どうするの？」

あたしが尋ねると、おんぷちゃんは目を伏せながら答えた。

「今迷ってるの。このまま引退して、普通の女の子として、生活するのもありかなって」

「それはもったいないよ！　おんぷちゃんには、才能あるしさ」

「どれみちゃんの言うとおりだわ」

「あたしも同意見や」

おんぷちゃんは、顔を上げると、

「ありがとう。でも、こっちでの生活も結構気に入ってるの。私のこと、知らない人が多いし、変装しなくてもいいし……」

少しおどけるように言った。

それが、カラ元気だと、あたし達には分かっていた。

それに、あのしつこい記者に見つかるのも時間の問題のような気がしたので、あたし達は、それ以上言わずに、黙り込んだ。

「あんまり心配しないで。ケータイの番号もメアドも教えるから」

あたし達は、すぐに赤外線通信で、ケータイ番号とメアドを交換し合った。

おんぷちゃんは、ケータイをしまうと、

「もう少し、自分なりに、将来について考えてみたいの。迷った時には、みんなに連絡するから、相談に乗って」

「もちろんだよ！　それより、おんぷちゃんも魔女見習いになっちゃったら？」

というあたしの誘いには、

「私は遠慮しておくわ」

おんぷちゃんはきっぱりと断った。

「そうよね。おんぷちゃんには、魔法を使う目的がないもんね」

「魔法で病気を治すのは禁じられるしな」

おんぷちゃんが頷いた時、

「そうだ！　思い出した。あのさ、うちの家族で、今年のお盆に、飛騨《ひだ》のおじいちゃんちに行くんだけど、みんなも来ない？」

と、あたしが提案した。

「ああっ！　小五の時にみんなで行ったあのおじいちゃんの家か！」

「私、行きたい！」

「あたしも！」

「お盆なら、パパも休みだから、ママの面倒任せられるし、私も行こうかな」

「大歓迎だよ！　やった、やった、やった――っ！」

あたし達は、手を取り合って、まるで小学生の頃《ころ》のように、大はしゃぎでピョンピョン跳ね回った。

第四章
夏☆キラリ

稚内《わっかない》から戻って、数日が過ぎた日のことだった。

あああぁぁぁ――知らんかったあああぁぁぁ――！

声こそ出さなかったけれど、脳内ポーズはまさに、ムンク作『叫び』だった。


高校に入った途端、あたしの毎日はガラリと変わった。というか、加速がついたみたいに忙しく動き始めていた。

桜の花が散ったのは覚えているけれど、その後に家の周りになんの花が咲いていたのかなんて、思い出せないくらい。

学校とＭＡＨＯ堂のバイトの生活は忙しいけれど、だんだん慣れてきた。それでも、自分のことで手一杯で、いろんなことを見逃してきたような気がする。

「そんなん、いつもと同じじゃやん」

あいちゃんはサラリと言う。

クールだよ、あいちゃん。

確かに、あたしっていつもいっぱいいっぱいなんだ。

高校生になったら、もうちょっと落ち着いた感じのお姉さんになれると思っていたのに。

そういえば、一週間くらい前にはづきちゃんがMAHO堂に来た時、「こんにちは」と言うはづきちゃんの声を聞いた途端、あいちゃんは、

「なんやの？　調子悪いんとちゃう、はづきちゃん」

みたいなこと言ってたっけ。

「んー、テスト前だからかな？　高校って、しょっちゅうテストがあるから」

「だよねだよねー。辛《つら》い辛い受験をくぐり抜けて来たばっかなのに、まだ受験生みたいだよ。ひどいよねー」

あいちゃんは、その時からはづきちゃんの様子がいつもと違ってたことに気づいてたんだ。

ガッカリなことに、あたしはあいちゃんがツッコミ入れなかったのも、何も思わなかった。

「あいちゃんだって、部活、大変でしょ？」

「一年生はなー、いろいろやることあんねん」

「ヴァイオリンのレッスンも増えて、あんまりMAHO堂に来れなくてごめんなさい」

はづきちゃんは、あいちゃんやあたしに気遣って、言えなかったんだよ。

その時の笑顔も弱々しかったのに。

アジサイが綺麗《きれい》に色づいている。寂しそうな青みがかった紫色だ。

今日は雨。MAHO堂はお客さんもなく、静かだ。

あいちゃんの部活とはづきちゃんのヴァイオリンのレッスンが休みなので、二週間ぶりに三人が揃《そろ》っている。

お店の中にまで染み込みそうな雨の匂《にお》いを打ち消すように、紅茶とクッキーのいい香りが漂っている。

「やれやれ、この雨じゃお客さんは来んな」

マジョリカは表のライトを消した。

お店の中の照明も、一部を残して消したので、初夏なのに太陽が見えないだけで、こんなに暗かったのかと気づいた。

「そろそろ打ち明けたらどうじゃ？」

マジョリカやみんなに促されて、やっと、はづきちゃんが話し始めた。


あたしが冒頭の脳内で叫んだのは、そういうわけだったんだ。

うかつだった。それは、おんぷちゃんを捜した頃《ころ》から始まってたんだ。

「……最初は、クラスメートの何人かが、私をチラチラ見てた」

はづきちゃんは紅茶のカップを皿に戻すと、ポツリと言った。

「意味が分からないし、すぐに視線を外して、尋ねてもハッキリ言ってくれなくて」

「まあ、半信半疑ってことやね」

「普段のはづきちゃんを見てればねー」

あいちゃんに続いて、ララが言った。

はづきちゃんは、カレン女学院の裏サイトのターゲットにされていたんだ。

中等部から一緒だった友達は、はづきちゃんのことをよく知っていた。可愛《かわい》くて、ちょっと引っ込み思案で、ちょっと天然で。外見のとおり、優しくてお人好しで、癒し系女子高生だよ。だから、誰《だれ》も信用しなかったんだと思うんだ。

「にしても、今時裏サイトなんて……あんなのウソばっかりだって、みんなも分かってるんでしょ」

「無責任にいらんこと書いて、ストレス発散してるんやろ。どうせすぐに飽きるわ」

「いじめがストレス解消とは、嘆かわしい限りじゃわい」

マジョリカはうんざり顔で言った。

でも、それは突き放しているんじゃないことくらい、あたし達も分かっていた。

マジョリカはいつも、素直じゃないんだ。

あたしだって、時には学校を休みたくなることもある。でも、その理由は大抵単純なもんで、テスト勉強してなかったとか、昨日夜更かししてテレビ観ちゃって眠いとか、体育がマラソンだとか。

自分に原因があることばかり思いついてしまう。

ホント、あたしって暢気《のんき》だなあって感じた。裏サイトは美空《みそら》高校にもあるかもしれないけど、興味ないし信じてもいないし。

あたしがこんなだから、もし、クラスの中でしょんぼりしている人を見つけても、自分と同じような理由しか思いつかないよ。

大親友のはづきちゃんのことだって、気づかなかったんだもん。

「はああ～自己嫌悪だあ～」

思わず溜《た》め息《いき》が漏れた。

「何ゆうてんの」

「だってさー、あたしったら、はづきちゃんがこんな目に遭ってたなんて、全然気づかなかったんだよー。なんだか自分が情けないっていうか……」

「ごめんなさい、どれみちゃん、あいちゃん。私もすぐに収まると思ってたから」

はづきちゃんは申し訳なさそうに頭を下げた。

「何言ってんのさ。はづきちゃんが謝ることなんか、一つもないよ」

「そやそや、はづきちゃんは被害者やないか」

はづきちゃんはやっと満面の笑顔になった。途端に、大きな目から涙がこぼれてきた。

「はづきちゃんっ」

あたし達がオロオロとハンカチやらティッシュやらをはづきちゃんの前に差し出すと、

「ありがとう……なんだかホッとしちゃって」

はづきちゃんはポケットから自分のハンカチを出して、涙を拭《ふ》いた。

「なんでもすぐに相談してや。ガッコ違うから、すぐには解決できへんかもしれんけど。絶対力になるから！」

「そうだよ、はづきちゃん！　みんなで考えれば、いいアイデアだって浮かぶかもしれないし」

「うん……」

はづきちゃんは何度も頷《うなず》いた。

◇

辺りが暗くなってきて、静かにしていると雨音が聞こえてきた。ＭＡＨＯ堂に来てから二時間が過ぎて、マジョリカが帰るように促した。

その時、マジョリカは窓の外を見て、首をかしげた。

窓の外を誰《だれ》か横切ったように見えたらしく、

「お客さんかもしれんな」

ドアを開けてみると、人影はどこにもなかった。ドアを開けたお陰で、雨の音はもっと大きく聞こえた。

「真っ暗や。まだそんな遅くないのに」

「ホントだ。なんかお腹《なか》すいたねー」

はづきちゃんはクスッと笑った。

「相変わらずね、どれみちゃんは」

「はづきちゃんも、それくらい、普通にすることや」

あいちゃんは、はづきちゃんにグッと親指を立てて見せた。

「そうね。そうすれば、すぐに飽きちゃうよね」

「そやそや、どれみちゃんと違って、はづきちゃんはネタが少ないからな、すぐ収まるわ」

「ちょっ……もう、あいちゃんったら、ひどーい！」

あたし達は、カップ類を片付け、マジョリカとララにお礼を言って、それぞれの家路を急いだ。

はづきちゃんの書き込みがなくなりますように。あたしは真っ黒な空を見上げ、雨雲の向こうの星に願った。


その時には、裏サイトの書き込みは、単なる中傷にすぎなかった。根も葉もない噂《うわさ》みたいな内容で、名前が単にはづきちゃんってだけで、ただの悪口に思えた。

だけど、なくなったわけじゃなかった。毎日のように書かれているんだ。

「はづきちゃん、クラスに味方してくれる友達はいるの？」

「うん。その子に教えてもらって、裏サイトに自分のことが書いてあるって分かったの」

同じクラスに高等部から入ってきた向井莉子《むかいりこ》という女の子がいて、はづきちゃんの友人だ。

音楽科では特に、中等部からの持ち上がりの生徒が大半を占めるカレン女学院の中で、浮いた存在になっていた向井さんを、クラスに溶け込ませようとした結果、はづきちゃんと仲良くなったんだとか。

はづきちゃんって、よく気がつくからね。

「向井さんは、絶対に信じないよって、言ってくれたし」

「そんな掲示板なんかウソばっかりだもん、気にすることないよ」

「そやそや、そんなの覗《のぞ》かなければええねん」

あたし達は、同じクラスに、はづきちゃんの友達がいることで、ちょっと安心した。学校が違うから、はづきちゃんの様子は、本人から聞かない限り、分からないし。

「ええ子やん、向井《むかい》さんいうんや？　今度あたしらにも紹介してや」

「そうそう、あたしも会ってみたい」

「うん、私も向井さんに二人の話をしてみるわ」

そう言って、その日は別れた。


はづきちゃんが言ってたっけ。

自分にはクラスに友達もいるし、科は違うけど、玉木麗華《たまきれいか》もいるし、小学校以来の大親友や、MAHO堂のマジョリカやララがいるから、幸せだって。

きっと、そんな友達がいない人が、サイトに書き込みしているんだろうな。はづきちゃんに嫉妬《しっと》でもしているんだろうか。悪口でもなんでも直接本人に言えばいいのに。

あたしは単純だから、そんな風にしか考えられない。

はづきちゃんのヴァイオリンの才能や家庭環境を羨《うらや》ましいと思うこともあるけれど、あたしは自分の家族が大好きだし、ヴァイオリンははづきちゃんの努力の結果だし。

あたしは子供の頃《ころ》に読めなかった漢字を読めるようになったたし、英語だって、古典だって、もう、魔法の呪文《じゅもん》みたいだなんて思わなくなった。

いろんな言葉を知って、いろんな人がいることも知った。まだどうやって活かせるかは分からないけれど。

「いいなー」とか、「ずるーい」とか、「私も欲しーい」とか。

あたしも小さい頃《ころ》、よく言ってたっけ。

あの頃は、他の家の子が羨ましく見えたんだ。きっと、言葉に出してしまえば、そんな単純なことなのに、パソコンの画面に映る文字は、嫌な感じに変換されている。

◇

はづきちゃんは裏サイトの書き込みを無視して、いつもと同じように学校に通っていた。

けれど、口コミで裏サイトの存在が知れ渡ってきたせいか、他のクラスの生徒からも、指差されるようなことが増えた。

MAHO堂に来ても、はづきちゃんは溜《た》め息《いき》ばかりをついている。

「そや！」

あいちゃんは、いきなりケータイを取り出し、

「あたしらだけで話しおうても、ラチがあかんわ。ここは専門家に相談するんが、一番やと思うわ」

「専門家って……警察とか？」

「ちゃうちゃう」

ケータイのキーを素早く押し、耳に当てると、

「あっ、おんぷちゃん、ちょっと相談なんやけど」

電話の相手はおんぷちゃんだった。

あいちゃんは手早く経緯を話すと、

「そう、そのサイトな。ちょっとやな感じやねん。こうまでやられたら、犯人突き止めたいんで、頼むわ」

あいちゃんはケータイをしまうと、

「書き込みを見て、対処法をはづきちゃんのアドレスにメールするゆうてた」

「ホント？　そっか、おんぷちゃんなら専門家っていうか、経験者だもんね」

「そうね、おんぷちゃんも、いろいろ好き勝手に書かれてたものね」

あたし達は納得した。

それにしても、一人ならず二人も、中傷のターゲットにされるなんて許せない。

「手っ取り早く魔法がいいじゃん」

そう言うと、はづきちゃんは首を振った。

「できれば、自分で解決したいの。私にはどれみちゃん達もいるし、魔法で解決するのは、簡単だけど、私にも悪いところがあったのかもしれないし、もう少し待ってて」

あたしも納得した。

確かに、まだ実害は出ていない。書き込みの中身も、ウソばっかりだし。

「分かったよ、はづきちゃん。でも、無理しちゃだめだよ」

「ありがとう、どれみちゃん、あいちゃん」

はづきちゃんは、感謝して、帰っていった。

◇

だけど、数日経《た》った日のことだった。

「もう学校に行きたくない」

はづきちゃんはMAHO堂の扉を勢いよく開けると、あたしとあいちゃんのところに飛び込んで、涙を流しだした。

「どうしたの、はづきちゃん？」

はづきちゃんは、泣きじゃくるだけで、答えなかった。

「ひょっとして、また裏サイトか？」

あいちゃんの問いかけに、はづきちゃんは頷《うなず》くのが精一杯だった。

「なんや、これ？」

「ひどいよ……」

マジョリカからパソコンを借りて、あたし達はカレン女学院の裏サイトにアクセスした。

ここ一週間の書き込みは、悪口なんてもんじゃなかった。

「なあ、これ」

画面に一枚の写真が貼《は》り付けてあり、はづきちゃんと彼氏の矢田《やだ》くんの二人が写っている。

時間は夕方のようで、薄暗かったが、背景に写っているのはラブホテルだった。

「偶然会って、ちょっと立ち話をしていただけなのに……」

はづきちゃんは、悔しそうにその写真を撮られた時の状況を話してくれた。

矢田くんはバイト先で頼まれた食材の買い出しの途中で、はづきちゃんはヴァイオリンのレッスンから帰る途中で、偶然会って話しただけなんだって。

「ラブホテルから出てきた二人だって、よくこんなウソ書けるよ！」

「ホンマやな。他の書き込みも見てや。見てきたみたいに書いとるで」

あいちゃんは熱心に文章を読んでは、首をかしげている。

「なになに？　何か分かるの？」

あたしはあいちゃんの背後に回ってみた。確かに内容は首をかしげたくなるようなものだけど。

「ここ数件の書き込みは、確かにはづきちゃんの後をつけてる感じやね」

探偵のようにあいちゃんは言った。立ち上がると、部屋の中を歩き回った。ますます探偵みたいだ。はづきちゃんに向き、

「はづきちゃん、学校内では、一人で行動するって少ないやろ？」

「ええ、おんぷちゃんに言われて、できるだけ一人でいないようにしているの」

何人かでいれば、書き込みの内容がウソかどうかは分かるってこと。

だから、学校にいる時は、できるだけたくさんの人と一緒にいるようにっていうのが、おんぷちゃんのアドバイスなんだ。

だから、あたし達もバイトの日は、途中から待ち合わせて来ることにしている。

「書き込みの内容も、ちょっとドジ踏んだことくらいや。でもな、MAHO堂でバイトしてることも知っとるみたいやし、曜日も時間も合っとる」

「そうだね、それもバイトじゃなくて遊びだとか、あたし達と一緒にサボってるとかっ

て」

「矢田《やだ》くんとのこともや。偶然出会ったタイミングで、写真まで撮っているわ。はづきちゃんかて、誰《だれ》にも話してないはずなのに」

ズバリ、はづきちゃんは尾行されている。

「それだけやないで」

あいちゃんが言うには、レッスンの日は真《ま》っ直《す》ぐ自宅に戻って、レッスンが終わるとすぐに帰るって分かっているみたいだから、あんまり書いていない。

「バイトの日や休みの日だけは、しっかりマークされとるわ」

「うんうん」

「ってことは……?」

はづきちゃんは不安そうな顔になった。

そう、予感はあったんだけど、かなり身近な人間じゃなけりゃ、はづきちゃんの予定なんか分からない。ヴァイオリンのレッスンはともかく、彼氏やＭＡＨＯ堂のバイトのことは、あまり知られてないはず。

あたし達は、あいちゃんの次の言葉を待った。

「おとり作戦や」

あいちゃんは、ウィンクするとあたし達を呼び寄せた。

周りにはマジョリカとララしかいないのに、作戦会議みたいな雰囲気だ。

はづきちゃんには悪いけど、ちょっとドキドキする。

「分かったな。どれみちゃん、はづきちゃん、頼むで」

あたしとはづきちゃんは頷《うなず》いた。

絶対に解決してみせるからね。

あたしは強く思った。

おんぷちゃんにも、さっそくメールをしたんだけど、返事はちょっと歯切れが悪かった。

犯人探しなんて、あんまりいいことじゃないけれど、悪質な書き込みと裏サイトがなくなってくれれば一番いいって。

あたしもおんなじだよ。

◇

二日後、タイミングよく、あたし達のバイトの予定の日に、はづきちゃんのクラスメートがいい話題を振ってきた。

夏休みの予定を聞いてきたんだ。

はづきちゃんは、できるだけ普通に振る舞った。

で、友達と海に行く約束があるから、駅前のショッピングモールに、水着を見に行くって言ったんだよ。

昼休みの終わり頃《ごろ》、はづきちゃんからメールが届き、あたしはすぐにあいちゃんに伝えた。

「よっしゃ、釣れたでー」

あたしのお父さんみたいなセリフだ。

なんでも良かったんだ。いつもとちょっと違う放課後になれば。

「ネタになりそうなこと言っておいてや」

って、あいちゃんが言ってた。

水着って、ネタ的には十分じゃない？


あたしははづきちゃんと待ち合わせて、ショッピングモールに入った。

あいちゃんはカレン女学院の生徒には、あまり顔を知られていないから、眼鏡をかけて、水着のコーナーの近くに待機している。

もちろん、最初は他人のフリだよ。

さらにバックアップとして、白猫に変身したララも連れてきた。

あたしとはづきちゃんは、あれこれ言いながら、いろんな水着を身体《からだ》に当ててみた。

周囲には何人か女の子がいるけれど、はづきちゃんの見知った顔は見当たらないみたい。

それで、あたし達は写真のネタになるように、絶対にはづきちゃんが選ばないような、セクシーな水着のコーナーに移った。

「はづきちゃん、どう、これ？」

あたしは黒のビキニをはづきちゃんの身体の前に当ててみた。はづきちゃんもノリノリで、

「やだあ、どれみちゃんったら、セクシーすぎるわ」

恥ずかしそうに腰をクネクネした時だった。

ケータイのカメラのシャッター音が聞こえたような気がした。

あたし達が振り返ると、ララがあいちゃんのところに行くのが見えた。

あいちゃんはあたし達のいるコーナーを素早く通り過ぎた。

それを合図に、あたしとはづきちゃんはサッと水着を戻して、少し離れて後をつけた。

あいちゃんが追いかけているのは、早足で歩く女の子だ。

Tシャツにジーンズで、キャップを被《かぶ》っているので、はづきちゃんにも誰《だれ》かは分からな

いみたい。

夕方なので、どのショップも混んできた。

「犯人は外に出ちゃったみたいや」

店の外は大きな交差点があり、駅から流れて信号待ちをしている人が、どんどん増えていく。

「ケータイのカメラで、写真を撮っていたのは、みんなと同じ歳くらいの女の子だったのは、間違いないわ。とにかく追いかけましょう」

ララの言葉に頷《うなず》くと、あたし達はあいちゃんを先頭に、人ごみをかき分けて進んだ。

「あの子や！」

あいちゃんは、さっき見たTシャツの女の子の腕をグッと摑《つか》んだ。

「何をするんですの！」

この高ビーな声と、上から目線のセリフ。

キャップの下の巻き髪。そう、玉木麗華《たまきれいか》だった。

「ちょっと、玉木、何そのスタイル」

普段なら絶対に着ないだろうと思われる、ある意味レアな服装の玉木に、あたし達もびっくりだよ。

玉木はあたし達に見つかって、かなりうろたえていたみたい。手を摑まれたまま、周囲

を見回して、

「……もう、あなた達のお陰で……」

急におとなしくなった。

それよりも、あたし達の視線が気になったらしく、

「なんですの？　わたくしに何かご用でも？」

あいちゃんは、パッと手を離して、

「人違いや、すまんかった」

「ごめんなさい、玉木さん」

「藤原《ふじわら》さんと春風《はるかぜ》さんまで……いったい何事ですの」

あたし達は簡単に説明をした。

「玉木は、知らんかった？　同じ学校やのに、裏サイトのこと」

「ああ、あれ？」

玉木ははづきちゃんを見て、

「わたくしのクラスにも、そんな噂《うわさ》は流れてきたけれど、見る気も起きませんわ。まだ続いていたんですの？」

「最近はホント、悪質なんだよ。それで、今日こそ犯人を突き止めようって」

玉木は、巻き髪をサッと風になびかせ、

「あんなことを逐一書くなんて、負け犬のすることですわ。そんな体力と時間があるのなら、ヴァイオリンのレッスンを増やしたほうが、よっぽどマシじゃありませんの」

言い捨てて、玉木《たまき》は立ち去った。

どんな時も玉木だと、あたしは思ったけれど、そのどさくさで、なんであんな庶民的な格好をしていたのかを聞きそびれちゃった。

残念……なんて言ってる場合じゃない！　犯人に逃げられちゃったよ～。

それでも、あたしは気を取り直して、

「とにかく、はづきちゃんを尾行して、写真を撮っている女の子が確かにいることは分かったんだよね」

ララも頷《うなず》き、あいちゃんも気を取り直して、

「そやそや、一人やったで。玉木麗華《れいか》が言ったこともっともやけど、ありもせんこと書くんは、これきりにしてもらわんとな」

「今度こそ、魔法でなんとかしなきゃ」

はづきちゃんも頷いた。

直ちに、あたし達は、ショッピングモール屋上に行き、魔女見習いになると、マジカル

ステージを出現させた。

はづきちゃんは参加させずに、ララにマジョリカを連れて来させて、手伝ってもらった。

はづきちゃんが参加すれば、自分のために魔法は使わないという、女王様との約束を破ることになるからね。

はづきちゃんが見守る前で、あたしとあいちゃんとマジョリカは、

「裏サイトの悪質な書き込みから、はづきちゃんを守って！」

気持ちをこめて叫んだ。

「書き込みがなくなっているといいけどな」

マジョリカの言葉に、大きく頷くと、あたしとあいちゃんは元の姿に戻り、その日ははづきちゃんと別れた。

あたしは家に帰るとすぐに、パソコンを開いた。書き込みは一つもなかった。

はづきちゃんからもメールが来て、帰ってすぐにサイトを覗《のぞ》いたら、最新の書き込みからどんどん消えていったんだって。

良かった。これで、はづきちゃんもゆっくり眠れるよ。

◇

次の日の朝、犯人の目星がついたけれど、はづきちゃんにとっては、認めたくない相手だった。

朝から顔色が悪くて、とうとう倒れてしまった向井《むかい》さんを、はづきちゃんが保健室に連れて行った。向井さんはうなされながら、

「やめて……みんな、藤原《ふじわら》さんが悪いのよ……」

心配顔のはづきちゃんが付き添っていることも知らず、向井さんは何度もそんな寝言を言っていたらしい。

「聞きたくなかった……」

放課後、ヴァイオリンのレッスンを休んだはづきちゃんは、MAHO堂に来て、涙ぐんで呟《つぶや》いた。

あたしとあいちゃんも慰めようがなかった。

だって、たぶん、みんなが一度は考えた名前だったから。

違っていたらいいって、みんな思ってた。

あたし達の魔法は、どうやら悪質な書き込みを消すだけでなく、はづきちゃんの受けた辛《つら》さが書いた本人に戻っていくものだったらしい。

向井さんに魔法で突き止めたとは言えないから、あたし達は翌日、彼女と会うことにした。

◇

はづきちゃんが、向井さんを近くの公園に呼び出し、向井さんの正面にはづきちゃん、両隣にあたしとあいちゃんが座った。

「アンタな、うちらの大親友に何すんねん！　いくら匿名やからって、大嘘《うそ》書きおってからに、やってええことと悪いことくらい分かるやろ！」

あいちゃんが、これでもかという関西弁でまくし立てると、

「……私、そんなこと知りません」

向井さんは頑《かた》なに否定した。

「おととい、駅前のショップの水着売り場にいたやろ」

向井さんの顔色が変わった。

「あん時、アンタのこと追いかけたんはうちや。まだシラ切るゆうなら、ケータイ見せてや」

言うが早いか、あいちゃんが向井さんのケータイを取り上げて開けると、いくつかのキーを押した。

「これでもシラ切るゆうんか？」

画面には矢田《やだ》くんとはづきちゃんの2ショット写真が映っていた。

そのファイルの写真のほとんどが、はづきちゃんに関係したもので、

「……だって……」

向井《むかい》さんはケータイを奪うと、キッとはづきちゃんを見た。

「ずるいわよ、藤原《ふじわら》さんは。なんでそんなに恵まれてるのよ！　いいじゃない、少しくらい不幸な目に遭っても！」

向井さんはケータイを握り締めて叫んだ。

「だからって、あの書き込みはひどいよ。はづきちゃんがどんなに辛《つら》かったか」

「そうや、開き直っとる場合やないで」

「……待って」

はづきちゃんが、いきり立つあたしとあいちゃんを制した。

「どうして、そんなことしたのか教えて、向井さん？」

いつもの口調で話しかけると、向井さんは目に涙を浮かべた。

「ごめんなさい……ひどいことしてるって、分かってたのに……だんだん自分でもブレーキがきかなくなって」

やっと向井さんが話し始めた。

子供の頃《ころ》からヴァイオリニストを目指していた向井さんは、本当は中等部からカレン女学院に入るつもりだったけれど、お父さんの会社が倒産して、公立中学に行かなきゃならなくなったんだって。

お母さんは家計の足しにと、パートに出ることになって、向井さんは家事を引き受けていたんだけど、お父さんの頑張りもあって、無事会社は再建できて、向井さんも高等部からカレン女学院に入れることになったんだ。

でも、三年間満足にレッスンを受けられなかった向井さんと、同じヴァイオリンを専攻したクラスメート、とりわけ最初に仲良くなったはづきちゃんとの差は、比べようもなかった。

はづきちゃんは本当に仲良くなろうと思って話しかけてくるし、いい子だってことは、誰《だれ》だってすぐに分かるけど、それが逆に嫉妬《しっと》心を招いたってことだね。

「カレン女学院には、首席で卒業して、大学の教授に認められた生徒だけが使えるヴァイオリンがあるでしょう?」

「ストラディヴァリウスね……。大学の四年間、自分の楽器として貸してもらえるって聞いたわ」

「ス、ストラデ……？」

「ストラディヴァリウス」

「何？　それってすごいんか？」

はづきちゃんは苦笑した。

「ヴァイオリンの名器の中の名器よ。状態のいいものは、一億円以上するのよ」

えええ——っ！

あたしとあいちゃんは顔を見合わせた。

あたし達が想像する高いものなんて、タカが知れているけれど、

「あたしならこっそり売ってしまいそうやな」

あいちゃんの言葉に、向井《むかい》さんまで小さく笑った。

いろんなことで遅れていると、焦った向井さんは、ちょっとした嫌がらせを思いついた。

学校の裏サイトに、うさ晴らしに悪口を書き込むことだった。

最初は誰《だれ》ということもなく始めたが、はづきちゃんと仲良くなって、家庭環境やバイトのことを知って、ターゲットを絞った。

そうすると、どんどん具体的なことが書けるし、気分もスッと楽になったみたいだけど、

「バイトも楽しそうだし、仲のいい友達もいるし、カッコイイ彼氏だって……何もかも、私の持っていないものばかり……」

だんだんエスカレートするのを、止められなかったたって。

「向井さん、書き込みしてて楽しかった？」

はづきちゃんに問われ、向井さんはハッと顔を上げた。

「最近の向井さんのヴァイオリンの音、すごく変わった。高校に入ってきた頃《ころ》は、明るくて優しい音だったのに、最近はとても濁っていたもの。自分でも気づいていたでしょう？」

はづきちゃん自身も、ヴァイオリンを弾く時は、何も考えずに曲に没頭しようと思っていても、なかなかできなかったんだって。

「ダメだよ、向井さん」

あたしは、つい声を上げた。

「ヴァイオリンのことはよく分からないけどさ、音楽って、人を幸せにするためのものじゃないの？　自分が気持ちよく弾かなきゃ、伝わらないんじゃないの？」

「せやで、楽しんでやるから音楽なんやろ」

「そうよ、向井《むかい》さん。ライバルは私だけじゃない。先輩達も、他の学校の生徒も、世界中にいるのよ。こんな小さなことで、せっかく頑張って入った学校生活まで楽しめなくなったら、お父さんやお母さんだって、きっと悲しむわ」

はづきちゃんは、向井さんの手を取った。

「ね？」

「藤原《ふじわら》さん……」

向井さんは、はづきちゃんの手を両手でギュッと握って、

「ごめんなさい……本当に、ごめんなさい」

ポロポロと、後から後から涙が頬《ほお》を伝わって落ちてくる。

あたし達はもう、追及しないことに決めた。

理由も分かったし、書き込みさえなくなればそれでいいんだ。

何より、はづきちゃんが許していることだし。

「すっかり暗くなってしもうたな」

「明日は、バイト出ないとね」

「私もレッスン終わったら顔を出すわね」

何事もなかったように、あたし達は立ち上がった。

「向井さんもな、はよ帰らんと、うちの人が心配するで」

「え……？」

あっけない幕切れに、向井さんのほうがポカンとしていた。

「向井さんははづきちゃんのこと、いいことずくめみたいに言ってたけど、案外そうでもないんだよ」

「彼氏のことも、家族のこともな。そのうちはづきちゃんから教えてもらうとええわ、笑えるで」

あたし達ははづきちゃんと向井さんを残して、公園を出た。

これから、二人が仲良くなれば、いろいろ教えてもらえるだろうけど、はづきちゃんも、あれで結構大変なんだよね。

家族は超がつくほど過保護だし、矢田《やだ》くんは幼馴染《おさななじ》みの気安さか、照れ屋さんなのか、あんまり優しくしてくれてないみたいだし。

でも、彼氏がいないあたしより、ずっといい。

矢田くんとはづきちゃんは、ジャズとクラシック、トランペットとヴァイオリンと音楽のジャンルも楽器も違うけど、同じ音楽を好きな同士、話が合うんだよね。

それに、二人とも目標がプロの演奏家だから、本当の恋人同士になるのは、その夢の一歩を踏み出してからなんじゃないかなって思ってる。

まあ、あたしの意見はどうでもいいか。

「ちょっと、二人とも勝手なことばっかり……」

さっさと帰ったあたし達に、はづきちゃんは呆《あき》れてたみたいだけど。

「いい友達だね。藤原《ふじわら》さんも学校にいる時とは、ちょっと違うみたい。やっぱり羨《うらや》ましいけど」

「向井《むかい》さんだって、友達でしょ。莉子《りこ》ちゃんって呼んでいい？　私のこともはづきって呼んで」

はづきちゃんがニッコリ笑うと、

「ありがとう、藤……はづきちゃん」

涙もすっかり乾いて、向井さんはしっかりとはづきちゃんを見て、名前を呼んだんだって。

あたしの知らないカレン女学院でのはづきちゃんを知ってるなんて、ちょっと羨ましくなったよ。

でもさ、今度はあたし達も、向井さんと友達になればいいじゃん。

おんぷちゃんもそうだけど、ちょっとくらい離れていても、友達は友達だよ。

こうやってどんどん増えていくんだよね。

◇

次の日もMAHO堂のバイトの日だった。はづきちゃんが来るのを待って、あたしはマジョリカとララに昨日の顚末《てんまつ》を報告した。

二人もずっと心配してたから、安心させることができて、ホッとしたよ。

あの後、玉木麗華《たまきれいか》から裏サイトのことを聞いて、矢田《やだ》くんが慌ててはづきちゃんのところに来たんだって。

サイトの書き込みは消えていたから、いろいろ誤解があったらしいけど、書かれるくらいなら、交際はしばらくやめようって言いだしたんだって。

はづきちゃんのことを思うあまりのフライングだろうけど、登場するタイミング遅すぎ。

はづきちゃんが説明して、納得してくれたらしいけど、彼氏だったら、はづきちゃんの様子がいつもと違うってことくらい、気づいてほしいよね。

それにしても、玉木もはづきちゃんのことを気にしていたのか、矢田くんにちゃんと伝えていたんだ。

あたしの知らないうちに、玉木も彼氏ができて、ジコチュウな性格が少し変わったみたい。

ま、その話は、また後で書くけどね。

あたし達に対する言葉遣いは相変わらずだけど、玉木《たまき》は元々が美人だし、性格まで良くなったら、カレン女学院っていうブランドも背負ってるし、超モテモテじゃん。

なんか、焦るなぁ。

「ま、もうすぐ夏休みだし、新しい出会いに賭《か》けるぞー！」

と、自分に気合を入れた途端、

「うるさいぞ、どれみ。とっとと働け」

マジョリカに怒られた。

◇

はづきちゃんの事件も一段落して、数日が経《た》った頃《ころ》のことだった。

「ええ――っ！　玉木が来てたの？」

「なんじゃ、大声出して？」

あたしは学校の用事で、バイトに遅れちゃったんだ。

玉木はあたし達がバイトしてることは知っているはずだけど、

「バイトの予定伝えてなかったんだ。で、あたし達に用事があったとか?」

「いや、そこの」

マジョリカはケータイストラップのコーナーを指差して、

「ストラップを買っていったぞ」

「へえー」

ここはMAHO堂っていうくらいだから、いわゆるグッズや雑貨の中でも、お守りやパワーストーンの種類が多い。

魔女界から仕入れたものは、人間向けに抑えてはいるものの、ちゃんと力があるんだよ。

玉木が買ったのは、ラピスラズリという瑠璃色《るりいろ》の石がついた、お守りストラップだ。

石の種類もデザインもたくさんあって、可愛《かわい》いんだよ。

見るとずいぶん減っている。まさか?

あたしはストラップが置いてある棚の左端を指差し、そのまま右端まで動かして、

「玉木のことだから、ここからここまで、全部包んで頂戴《ちょうだい》! とか言っちゃった?」

「買ったのは二つだ。お前達がいなかったから、補充してないだけじゃ」

あっさりと切り捨てられた。

乗りのいいツッコミを期待したあたしがバカだった……。

夕方になり、すっかり部活焼けしたあいちゃんが、ヴァイオリンの稽古《けいこ》が早めに終わったはづきちゃんを伴ってやって来た。

「遅れてごめんな」

あたしはすかさず玉木《たまき》が来たことを話した。

「それは、偶然じゃないかも……」

「どゆこと？」

はづきちゃんが魔法粘土を捏《こ》ねる手を止めて、ちょっと考え込んだ。

「私、自分のことで手一杯で、気づかなかったんだけど、最近玉木さん、雰囲気が変わった気がするの……。大人っぽくなったっていうか」

おんぷちゃんのアドバイスで、玉木はすぐにカレン女学院での味方になってくれたけど、裏サイトには、無関心だった。くだらないこと、気にするなって言ってたしね。

その時、玉木にしてはクールだなって思ったんだよね。

「……これは……あれやな」

あいちゃんは、ドン！　と作業テーブルを叩《たた》いて立ち上がった。

「……きっとそうだわ！」

ドン！　はづきちゃんも作業テーブルを叩いて立ち上がった。

となると、あたしも負けるわけにはいかない。

ドン！　とテーブルを叩いて立ち上がったんだけど……でも、なに？

「恋じゃな！」

と言いながら、マジョリカがどアップで現れた。

「えええ——っ？」

驚いたのはあたしだけ。

「こっそりストラップ買いに来るなんて、恥ずかしかったのかしらね」

いや、たまたまかもしれないいし。

「ここのグッズは本物やさかい、口コミでじわじわ人気出てきとるしな。玉木もグッズに頼るあたり、案外本気モード出してんかな」

玉木ならプレゼントもブランドものにするんじゃ？

なんでMAHO堂ストラップ？

っていうか、あいちゃんってそんなに恋バナ好きだったっけ。

ああ……それにしたって。

「なんや、どれみちゃん、モアイ像みたいに固まってんで」

放っといて。

あたしの頭の中に、今までの人生のアルバムが広がった。

短い間に、いろんなことがあったなぁ。

楽しいことや辛《つら》いこと、他の人にはできないことも、経験させてもらったなぁ。

みんないい経験だった……あれれ、ラブっぽいページがないよ……男っ気ナシ？

「玉木《たまき》に先越された――っ！」

グワッと立ち上がった。

あたしの心の叫びは、どうやら、あいちゃん達にダダ漏れだったようで、

「ええやん、あたしかて彼氏おらへんし。どれみちゃんは今までどおりで」

「そうよ。どれみちゃんを好きな人って、案外多いと思うな」

なんですとぉ！

彼氏持ちのはづきちゃんはともかく、あいちゃんまで余裕すぎるよ。

大人っぽい感じがするのは、二人が高校時代にしなきゃならないこと、やりたいことを見つけているからだよね。

「くぅ、なんか焦るなぁ～」

「どれみは当分、MAHO堂をやりがいにすればよかろう」

「そうよ。デザイン考えたり、可愛《かわい》いカード作ったり、頑張ってるもの」

「どれみちゃんの作ったPOP、売り上げに貢献してると思うで」

慰めになってない気がするけど。

あっ、ＰＯＰって知らない？　たぶん、スーパーとかコンビニでバイトした人なら、分かると思うけど。

グッズも、ただ値段を付けて並べるだけじゃなくて、例えば玉木の選んだラピスラズリは、幸運を呼ぶ石といわれているんだけど、恋愛運も上がるよ、みたいな、ちょっとした案内というか説明をカードに書いて商品のところに貼《は》っておくんだ。それが、ＰＯＰなんだよ。

ＭＡＨＯ堂に来たお客さんが、ＰＯＰを見て決めたり、どんなのがいいかって悩んだり、幸せな気持ちで買い物してくれると、あたしも嬉《うれ》しくなるよ。

話が脱線しちゃったけど、玉木に彼氏ができたことは、どうやら間違いないらしい。

そういえば、向井《むかい》さんを尾行して、見失った時の玉木の衣装も変だったし。

あたし達の知っている、玉木じゃなかったってことだよね。

◇

それから、少し経《た》った日の午後、元気にバイトに出てきたはづきちゃんが、先に来ていたあたしを見つけると、まるで、刑事みたいにメモ帳を開いて、

「玉木《たまき》さんが、最近猫を飼っているみたい」

続いて、あいちゃんがドアを開けるなり、あたしの背中をバンバン叩《たた》いて言った。

「玉木の彼氏の名前な、笑っちゃうわ。マサムネやて」

「いたた……ずいぶん古めかしい名前だね」

「独眼流や。戦国武将の伊達政宗《だてまさむね》から付けたんやろな」

「へえ、親が歴史マニアかなんか？」

「違うわよ、政宗っていうのは猫の名前よ。彼氏はどれみちゃんの学校の先輩だとか」

「そうなん？　その彼には美人ＯＬの彼女がいて、玉木はソッコーフラれたけど、しつこくアタックしとるゆう話やで」

「彼のバイト先がホストクラブって話だから、お客さんと一緒にお店に行くのを、間違えてるんじゃやない？」

「ホストクラブ？　いったいいくつなん」

「はいはいはい、二人とも情報源は？」

あたしは盛り上がっている二人の真ん中に割って入った。キリがないよ。

「えっと、最近玉木さん、すぐ帰っちゃって……仲のいい島倉《しまくら》かおりちゃんから聞いたんだけど」

「なんだ、かおりちゃんか。半分以上は、尾ひれがついてるよ。あいちゃんは？」

「部活の先輩の先輩の友達が、玉木の家庭教師をしてて……」

「先輩の先輩の友達って……どんだけ遠いの？　はい、二人とも却下」

だいたい、玉木は秘密主義じゃない。

彼氏ができたらきっと、自慢しまくると思う。間違いなく面食いだろうな。玉木も一応可愛《かわい》いし、自信もありそうだし、好きな人ができたら、どんどん攻めていく感じがする。

「ホントのところはまだ分からないね」

「玉木さんが私達に言わないなんて、結構真剣じゃないのかしら。それに、悩んでいるみたいに見えたわ」

「ストラップ買ったゆうことは、まだ告白してないんとちゃう？」

あたし達は顔を見合わせた。

もし、悩んでいるようだったら、何か力になってあげたい。先を越された悔しさもあるけれど、あたしのこれからの恋愛の参考にならないかなーなんて、ちょっと好奇心もある。

「よっしゃ。ここで話しおうてもしゃーない。はづきちゃんは本人に聞いてみればええわ。彼氏があたしらのガッコの先輩やったら、誰《だれ》か知ってるかもな」

後になって思うと、玉木がはづきちゃんの裏サイト事件でクールだったのも、噂《うわさ》を言ってる暇があったら……って言ってたことも、自分に重ねていたのかも。

はづきちゃんが尋ねたら、玉木《たまき》はあっさり教えてくれたんだって。自分のことが、解決したことで、玉木にお礼を言った時に、しっかり聞きだしてくれたんだ。もしかしたら、玉木も誰《だれ》かに聞いてほしかったのかも。

「ええとね……確かに、好きな人がいて、どれみちゃん達の学校の三年生だって。結構イケメンで、ちょっと不良で、背が高くて……」

「は、はづきちゃん、まずは名前っしょ」

あたし達はＭＡＨＯ堂にいた。

いつものように、お店を閉めてから、掃除して、テーブルに着いた。

商品に値段やバーコードなんかを付けて、可愛《かわい》いＰＯＰを考えて。結構楽しい時間だよ。

はづきちゃんの話が始まって、手も止まりがちだけど。

「そう、名前はね、立花恭平《たちばなきょうへい》って言うの。二人とも知ってる？」

あたし達が複雑な顔をしたんで、はづきちゃんが戸惑っている。

「名前と顔くらいはな。よう知らんのやけど、なんやろ、急に寒気がしたわ」

「うん、あたしも」

見たことはあるんだ。

イケメンと言えなくはないけど、目が怖い。近寄り難い。背が高いから、余計そう感じるのかも。でも、あんまりいい噂《うわさ》を聞かない。もっとも、学年が違う上に、あたし達はまだ高校に入って間もないから、接点もない。

はづきちゃんは、メモ帳を取り出し、また刑事になったかのようになって、

「まず、彼氏の名前は、立花恭平さんで間違いないわ」

「なんや、政宗《まさむね》やなかったんか」

「政宗は、玉木さんが彼から譲り受けた猫の名前だったわ。その猫ちゃんの怪我《けが》が治るまで、玉木さんは授業が終わるとすぐに自宅に帰っていたみたい」

譲り受けた猫っていうのは、立花先輩の友達が飼っていたロシアンブルーの子供で、生まれた時から片目が見えなかったんだって。政宗って名前はそこからだね。一緒に生まれた兄弟に負けて、お母さんのお乳をもらえなくって。そんなだから、身体《からだ》も小さくて、野良猫だったらすぐ死んでいたかも。

結局、立花先輩が引き取って、育てていたんだけど、ペット禁止のマンションで飼っていたのがバレて、近所の公園の隅で餌《えさ》をあげていたんだって。

夕方、公園でその猫が子供にいじめられているのを、学校帰りに通りかかった玉木が助け出して、近くの動物病院に連れて行ったんだって。

「親猫の飼い主が、かかりつけにしている病院だったみたい。猫が怪我《けが》をしたことを知って、慌てて駆《か》けつけて来たのが、立花《たちばな》さんと玉木《たまき》さんの出会いなんですって」

「はい、ベタな出会いきた〜〜っー」

まるで一昔前の少女漫画みたいだ。

「不良少年と、お嬢様やて？　ええ設定頂きましたわー」

あいちゃんも同じこと考えてたみたい。

玉木が猫を助けたのも、単なる偶然なんだろうけど、あたしは立花先輩が病院に来た時点で、逃げちゃいそう。

「そもそも、カレン女学院に通っている生徒って、お嬢様系が多いから、普通知り合いそうにないね」

先輩のこと知らなくても、あのキッツイ目で見られたら、あたしなら間違いなくビビる。ダッシュで逃げてたかも。

「さすが、玉木やねー。怖いもの知らずってこのことなんかな」

玉木がここにいたら、「失礼ねっ！」とか言って、怒りだしそう。

後で聞いた話によれば、動物病院で、先輩が病気がちな政宗《まさむね》を何度か連れてきた話だとか、片目が見えないから、外で飼うのは危険だと思って、動物の飼えるマンションに引っ越そうとして探しているとかを、治療を受けている間、病院の先生が話していたんだって。

あたし達は、名前と顔だけ知っていて、『怖い人』って思ったけれど、玉木は見たことのない『優しい人』っていうところから、スタートしたんだよね。

第一印象だけで、勝手に噂《うわさ》するのは、良くない。

あたし達もネットに上げないだけで、裏サイトの書き込みと大差ないことを、決め付けてたのかも。

はづきちゃんの事件があったのに、学習できてなかった。


確かに立花先輩は、一癖も二癖もありそうな感じだった。

玉木に頼まれたこともあって、あれからあたし達も先輩のことを調べてみた。

好奇心もあったけれど、玉木も心配だから。

先輩は最近では珍しい硬派？ってヤツで、女の子には関心なさそう。

玉木には時々会っているけど、目的は猫じゃないかな。

週末の三日間は、夕方、駅の近くのビルに出かけている。バイトかな。

ちょっと、あたし達には、立ち寄りにくい一角で、飲み屋さんとかのテナントが入ってるけど、ホストではないみたい。

矢田《やだ》くんのバイト先も同じ地区にあるので、そっちからも情報が入るはず。

学校での先輩は、最近真面目《まじめ》に登校しているとか。

不良グループとは付き合いがあるっていうより、一匹狼《いっぴきおおかみ》だから、敵対しているみたい。

「目付きが怖いし、身体《からだ》も大きいから、そんなつもりはないのに、喧嘩《けんか》吹っかけられているに違いありませんわ」

って、玉木《たまき》が言っていたけど、「ないない」って、あいちゃんがバッサリ切り捨てた。

喧嘩吹っかけられてるだけなら、そこまで噂《うわさ》立たないっしょ。

これだから、お嬢様は……。

◇

梅雨明け宣言が出た日だった。

「立花《たちばな》さんって、お母さんと二人暮らしなのよ。政宗《まさむね》のこと、自分と似たところがあるからって、可愛《かわい》がっていたわ。なんていうの？　外見とのギャップがいいのよねー。母性本能くすぐられちゃう！　……ですって」

はづきちゃんが、玉木の口真似《まね》で言った。

「なんやの、そんなオトメな玉木、玉木とちゃう。別モンや」

あいちゃんは頭をかきむしった。

あたしもあれから分かったことをメールや電話で伝えているんだけど、

「いやー、恋する女の子ですから……にしても、なんかかゆくなってきた」

「ほんまほんま」

玉木としては猫と一緒じゃなくて、二人だけでデートしたいみたいだけど、

「猫に会うのも、バイト前のちょっとの時間だけだし、メールの返事は来るけれど、二人だけで休日にデートしたいって言っても、はぐらかされちゃうんだって」

「積極的やな、玉木は」

あいちゃんは、ちょっと考えて、

「案外、これはイケてるかもしれへんで」

あいちゃんが言うには、玉木みたいに物怖《ものお》じせずに自分と接するタイプって、立花先輩の周りにいなかったんじゃないかって。

そりゃそうだよね。大人っぽくて高校生には見えないし、乱暴な感じがするし。

「だからや。巻き添え食わせたくないって気ぃ遣ってるんと違う？」

「最近、特に会ってくれないって言ってた。なんか、面倒なことが起こるんじゃないかって、玉木さん、心配してた」

「それで玉木らしくない格好で、尾行してたってことか」

はづきちゃんは首をかしげて、

「うーん、それもあるけど、美人OLと付き合ってるって噂《うわさ》が気になったから、尾行してたみたい」

「玉木《たまき》は所詮《しょせん》、妹扱いで、本命は、そっちの美人OLだね」

「ああ、噂の美人OL？　そんなん、バイト先の人やったゆうオチに決まっとるわ。それより、新しい情報はまだ、入って来《き》ぃへんの？」

翌日の放課後、あたしとあいちゃんはMAHO堂に向かっていた。

恋する女の子の勘は、時々鋭い。

あたしとあいちゃんのケータイが、ほぼ同時に鳴りだした。

「……！　玉木からだ。なに？　今学校の正門前、カレン女学院じゃなくて美空《みそら》高校の？」

「……！　どないしたん、はづきちゃん！　何、学校前に来てるやて？」

MAHO堂は目の前だったけど、あたし達はすぐに学校に戻った。

「遅いですわ！」

大急ぎで走ってきたのに、玉木ったら、これだよ。

「二人とも、どないしたん？」

あいちゃんの問いには、はづきちゃんが答えた。

「私もよく分からないの。玉木さんが、ここの八巻《やまき》先生に用事があるからって……」

「ちょっとここに、八巻先生を呼んで来てほしいのよ。急いでね！」

ちょ、ちょ、ちょっと待った。

なんで、レオン？

玉木は焦っているのか、大声で喋《しゃべ》りだした。

「とーにーかーくー、説明は八巻先生を呼んできてからよ！　立花《たちばな》さんのことだって言えば、きっと来てくれるわ」

これ以上、玉木を苛立《いらだ》たせるのは怖いし、なんか切羽詰まってる感じもしたので、あたし達は職員室に駈《か》け込《こ》み、なんとか八巻先生を引っ張ってきた。

「なんだよ、お前達？」

あたしとあいちゃんに両手を引っ張られながら、レオンは尋ねてきた。

「あたし達も、よう分からへんねんけど……」

「友達が立花先輩のことだって言えば分かるからって……校門のところに」

途端に、レオンが立ち止まり、

「何っ、立花!?　立花がどうかしたのか？」

その顔が急に険しくなった。

玉木《たまき》は、あたし達がレオンを連れてくると、挨拶《あいさつ》もしないで、立花《たちばな》先輩の今置かれてる状況を語り始めた。

「立花さんは、八巻先生との約束を守って、昔の仲間に何を言われても相手にしなかったんですわ。でも、そろそろ決着つけなきゃって言ってて……」

玉木が立花先輩と親しくしていることが、不良グループにバレちゃったらしい。

そして、猫のことがあってから、不審に思っていた玉木の両親にも、立花先輩のことがバレて。

「パパやママに説明しても、誤解するばかりなのよ。最近はわたくしも学校まで車の送り迎えがついて、家を出られないし。メールの返事もそっけなくて、電話も出てくれないし……」

今日は、はづきちゃんを口実に、MAHO堂に一緒に行くフリをしようとしたんだって。

なんとしてもマンションを突き止めて、事情を聞きたいみたい。

レオンは、立花先輩が一年の時の担任で、いろいろ相談に乗ってたみたい。

最近、立花先輩は、やりたいことが見つかって、昔の仲間達と離れたいと思っていたんで、レオンにそのことを話したんだって。親身になって聞いていたレオンは、先輩の味方になると約束し、その仲間達と完全に手を切れって、アドバイスしたの。

レオンって、いい先生だったんだね。あたし、またまた外見で判断しちゃった。

断片的にだけど事情が分かってきたあたし達は、マンションに向かうレオンと玉木の後に続いた。

「お前達は危ないから、もう帰りなさい」

「嫌ですわ！　わたくしだってもう、当事者ですもの」

玉木が食い下がる。

「あたし達は玉木の友達です。何かあったら全速力で逃げますから、一緒に連れて行ってください！」

あたし達も頼み込んだ。玉木を一人にさせられない。四人いればなんとかなる。玉木が必死だったから、いざとなったら、魔法を使ってでも助けてあげたいと思ったんだ。

立花先輩のマンションの前の通りに、すっごい美人が立っていた。

「あっ、立花さん！　恭平《きょうへい》はどこに？」

ええ――っ！　レオンは、確かに立花《たちばな》さんって言った。

母親と二人暮らしってことは……玉木《たまき》はフッと横を向き、小声で言った。

「立花さんのお母様ですって。わたくしもつい最近知りましたの」

「オカンて……超若くて美人やない。そりゃ、美人ＯＬと間違えるわ」

あいちゃんが半ば呆《あき》れ顔《がお》で、かぶりを振ったくらい、立花先輩のお母さんは、スラッとして、モデルみたいな美人だった。

あたしのお母さんとは大違いだよ。近くで見ると、推定年齢四〇歳ぐらいだったけど、とても高校生の子供を持つ母親とは思えないよ。

玉木が『負けた！』っていう顔してたのも分かる。

玉木も先輩のお母さんのところに行き、

「玉木麗華《れいか》です。最近の立花さんの様子が変だったので、心配で八巻《やまき》先生を呼んでもらいましたの」

玉木の話を聞いて、お母さんが驚いた顔をした。

「あなたが玉木さんなの？　さっき恭平《きょうへい》から電話があって、玉木さんって人が昔の仲間に狙《ねら》われているって言うの。これから、私も恭平のところへ向かうつもり！」

「場所はどこなんですの！　わたくしも行きますわ。わたくしが無事だと分かれば、大丈夫なんでしょう？」

その時、大型バイクが近づいて来た。あたし達の目の前で止まると、ライダースーツを身につけた女性が降りて、

「行くわよ、祥子《しようこ》」

ヘルメットを外して、あたし達を見回したのは、これまたモデルみたいな美人だった。モデルみたいじゃなくて、最近片っ端から主婦専門の雑誌の表紙を飾っているカリスマモデルの八巻美奈子《みなこ》じゃん！

「なんやの、ここって美人の激戦区？」

あいちゃんの声に被《かぶ》って、レオンがあたし達の前に出た。

「美奈子、どうしてここに？」

「まあ、あなた、心配で来てくれたの？」

ミナコ？　あなた？　ってことは。あたし達はレオンの背中越しに、カリスマモデルを見た。

「えええ――っ、先生の奥さん――っ？」

失礼だなと振り返ったレオンは、照れ隠ししているみたいに見えた。

まさに、美女と野獣……もとい、美女と爬虫類《はちゆうるい》だよ。

「祥子より、あなたと一緒のほうが、すぐに片付きそうね」

そう言うと、立花先輩のお母さんのところに行って、なにやら話をしていたけれど、最

後に美人二人が笑顔になった。

レオンはヘルメットを着け、奥さんのバイクの後ろに跨《また》がって、行ってしまった。

先輩のお母さんとあたし達は取り残されてしまって、なんだか理不尽……って思ったのは、当然、玉木《たまき》で、

「ちょっとー、わたくしを置いて行くってどういうことですの！」

呆然《ぼうぜん》としているあたし達を見て、

「何、ボサッとしてるのよ！　追いかけますわよ！」

言うが早いか、先輩のお母さんのところに歩み寄った。きっと場所を聞き出すんだろう。

お母さんは玉木の様子に、クスクス笑いだした。

「お母様、こんな大変な時に不謹慎ですわ」

「ごめんなさい。きっと、すぐに解決するわ。私達も行きましょう」

あたし達はお母さんの車に乗りこんだ。

お母さんは、ハンドルを握りながら、

「笑ったりしてごめんなさい」

そう言うと、レオンこと八巻《やまき》先生と先輩が知り合うより先に、お母さんと先生の奥さんがイトコ同士だからと話してくれた。

ついでに言うと、先生の奥さんはカレン女学院在学当時からカリスマモデルで、先輩のお母さんも元モデルで、今は腕のいいエステティシャンだって。

二人で歩いていたのは、時々先輩が送り迎えしていたからなんだ。美人なだけに、紛らわしいよね。

あたしは、立花《たちばな》先輩に何事もないことを願いながらも、もしものことがあったら、魔法を使うしかないと思い、ポケットの中の見習いタップをギュッと握り締めた。

◇

車が駐車場に着くと、立花先輩とレオン夫婦が、ガラの悪そうな男達と、対峙《たいじ》していた。

まさに、一触即発の緊張感が、ビンビンと伝わってきた。

あたし達は車の中で息を飲むしかなかった。ところが、玉木だけは、バッとドアを開けると、

「立花さん、わたくしはなんともありませんわ」

その真ん中に飛び込んでいった。無謀にも程があるっつうか。

それればかりか——、

「ずいぶんじゃありませんの。わたくしをダシにするなんて。わたくしに本当に何かありましたら、玉木《たまき》グループが黙っていませんわよ！」

言っちゃった。

声はちょっと震え気味だったけど、言い切っちゃったよ。

なんなの、その自信。やっぱ玉木だよ。

あんな強面《こわもて》の男達を前に、よく言えたもんだ。パチパチパチだよ。

なんて、言ってる場合じゃない！

あたし達も、車を飛び出して、かばうように、玉木の前に立った。

その時、少し遅れてきた先輩のお母さんの声が背後で聞こえてきた。

「大変な時に、力になってくれるのが、本当の友達よね。玉木さんにはそんな友達が三人もいるのね」

あたし達が振り返ると、お母さんが微笑《ほほえ》んでいた。

良かったね、玉木。少なくともお母さんは味方についたよ。

玉木の姿を見て、立花《たちばな》先輩も安心したんだろうね。やっぱり玉木が行って、良かったよ。

ただ、先輩は玉木を助け出すだけで、絶対に喧嘩《けんか》はしないつもりだったんだ。でも、玉木が無事だと分かっても、チャラにはできそうにない。

先輩の昔の仲間達は、ガムを噛《か》んだり、ニヤニヤしながら、徐々に近づいてきた。

すぐに、立花先輩が、あたし達を後ろに押しやると、レオンと奥さんと共に、強面の男達の前に立ち塞《ふさ》がった。

「立花、過去のことは全部自分に返って来るんだぞ。これで良く分かっただろう」

静かに、だけど、厳しい声でレオンが言い、先輩は頷《うなず》いた。

「うるせえんだよ、そこのオッサン」

「立花、父兄と女子供同伴とは、カッコ悪くないのかよ」

うっわー、ガラ悪ーい。

女子高生ダシにして呼び出すわ、たった一人相手に大勢で待ち受けるわ。どっちがカッコ悪いと思ってんの？

「俺にはこんなデカくて目付きの悪い子供はいねえ！」

さっきの静かな話しぶりとは、ガラリと違って、レオンが吠《ほ》えた。

「ちょ、ちょっと、八巻《やまき》センセ、何言うてんの！　そこ、突っ込むところやないで」

あいちゃんの心配をよそに、意外や意外、不良達がザワつき始めた。

「高校生に突っ込まれてどうするのよ！」

奥さんがズイッと出てきて、サッとレオンに真っ白な上着を羽織らせた。昔の暴走族が着ていた特攻服ってヤツ?

「や、八巻《やまき》……?」

不良達がまたしても顔を見合わせ、耳打ちし合っている。

「なに、この雰囲気?」

「古めかしい特攻服やな。なんや、刺繍《ししゅう》の文字が一杯入っとるで」

レオンは特攻服を羽織ったまま、不良達のところに歩いて行く。

なぜか、みんなが後ずさっていったよ。

「この特攻服はダテじゃねえんだぜ」

レオンが、バッと踵《きびす》を返して、不良達に背中を見せた。

――『ご意見無用　美空《みそら》爆烈族　三代目総長　八巻六郎《ろくろう》』と刺繍《ししゅう》で書かれていた。

ますます動揺して、

「もしや、あの伝説の……?」

ざわめいている。何?

伝説って聞こえた。

「すんませんでした!」

不良の中でも、一番リーダーっぽい男が、土下座した。

あたし、土下座って生で見たの初めてだよ。それから、全員が雪崩《なだれ》のように、頭を下げた。みんな、震え上がっていた。

レオンは土下座した人の腕を取って、立たせた後、静かに何か言ったようだった。やがて、全員が一礼して駐車場から消えた。

あたし達は見事に、『ポカーン』という感じの顔をしていたんだと思う。

水○黄門の印籠《いんろう》を出した後みたいな感じって言えば、分かってもらえるかな。

あたし達には、よく分からない世界だけど、あの特攻服は代々の総長に与えられた物だということを、レオンから聞いたのは、だいぶ後のことだった。

◇

とにかく、人を見かけや噂《うわさ》だけで判断しちゃいけないってことだよね。

もう、あたし達は立花《たちばな》先輩が、ただの怖い先輩じゃやなくなっているし。

レオンも奥さんもカッコよかったなぁ。

「で、どうなん？」

数日後、やっと三人が揃《そろ》ってＭＡＨＯ堂に集まった。

店を閉めた後は、いつものように掃除と値段付けを済ますと、

「うまくいってるの、あの二人？」

これが聞きたかったんだよねー。

「まあ、順調みたいよ。立花《たちばな》先輩は獣医大目指して勉強とバイトに忙しいから、やっぱりなかなか会えないみたい」

予想はついたんだろうな。

はづきちゃんは、いろいろ情報を仕入れてくれたみたい。

「獣医さんかあ。最後までベタな展開やね」

「玉木《たまき》さんも、同じ大学に行くかどうかは未定だけど、最近勉強頑張ってるみたいよ」

あーあ、羨《うらや》ましーい。

あたしもそろそろラブっぽい話題でもないかなぁ。

学校に行く途中の角で、イケメン男子高生とぶつかるとかさぁ。

「どれみちゃんも、その気になれば彼氏だってすぐにできるわよ」

「そやそや、案外身近にいるもんやで」

またまたあたしの脳内ダダ漏れー？

くくー、いつになったら勝ち組になれるのかな……。

ＭＡＨＯ堂の庭に咲いていたアジサイは、梅雨の終わりとともに、花も終わった。

次に背の高くなってきたヒマワリが咲く夏には、あたしも絶対彼氏を見つけるんだ。

第五章
夢を信じて

ブナの木々の間を流れる微風を感じながら、あたし達は不帰山川《ふきやまがわ》の源流を目指して、歩を進めていた。

あたしのお父さんが先頭で、次がおんぷちゃん、そして、最後があたし。

三人とも、渓流釣り用の腰まである長靴《ウエイダー》を履いているため、汗をびっしょりかいている。

あたしはお父さんのお古のウエイダー、おんぷちゃんはあたしのおじいちゃんのウエイダーを履いているため、ちょっとブカブカで歩きにくい。

「お父さん、まだぁ？」

「あと少しだから、頑張れ」

お父さんは、三人分の釣り竿《ざお》を持ち、フライフィッシング用のベストを着ているので、あたし達以上に、汗をかいていた。

「おんぷちゃんもいるんだから、少し休もうよ」

もう三〇分近く歩き続けて、バテ気味のあたしが不満げに言うと、

「私なら大丈夫。それに……」

おんぷちゃんは涼しげな顔で、耳を澄ませた。

「ん？　……」

あたしも耳を澄ますと、微《かす》かにせせらぎの音が聞こえてきた。

「ね？」

「うん！」

森を抜け、渓流に出れば、ひんやりした水で顔を洗える。

あたしは急に元気が出て、鼻歌まじりで歩きだした。


どうして、あたし達三人で、渓流釣りに来たかというと、昨日の晩、おじいちゃんの家の囲炉裏端で、晩ごはんを食べている時だった。

「このお魚、美味《おい》しい！」

飛騨《ひだ》に来てから口数が少なかったおんぷちゃんの発言がきっかけだった。

おんぷちゃんは、自分の将来について、真剣に考えていて、今度の旅行中に、女優を続けるか、辞めるか、結論を出すつもりでいた。

おんぷちゃんの気持ちが分かるだけに、あたし達も気安く声をかけにくかった。

ただ一緒にいて、見守ることしかできないのを歯がゆく思っていたんで、このおんぷちゃんの一言で、一気に場が和らいだ。

囲炉裏端で、おじいちゃんが焼いてくれた魚はアマゴだった。

その日、おじいちゃんとお父さんが、家の近くを流れる不帰山川《ふきやまがわ》で釣ってきたヤマメに似た美しい川魚だ。

「ヤマメとの違いは、赤い斑点《はんてん》があるところだな。神奈川県の酒匂川《さかわ》を境に、東に棲《す》むのがヤマメで、西がアマゴなんだ」

お父さんはウンチクを語った後で、

「どうだい？　明日アマゴを釣りに行ってみないか？」

「…………」

おんぷちゃんはあまり乗り気ではなかったが、

「おんぷちゃんに見せたいものがあるんだ」

「見せたいもの？」

お父さんは、それには答えず、おじいちゃんを見て、

「オヤジ、モンカゲのアレって、いつも盆の頃《ころ》だったよな？」

おじいちゃんが無言で頷《うなず》いた。

「モンカゲのアレって、何？」

あたしが尋ねると、

「モンカゲってのは、水棲《すいせい》昆虫のモンカゲロウのことさ。不帰山川の源流近くに、流れが澱《よど》んだプールって呼ばれる場所があるんだが、そこで、一斉にモンカゲロウが羽化《うか》するんだ。それは幻想的でさ、そこへアマゴやイワナ達が集まってきて、近くに釣り人がいたっ

てお構いなしに、捕食を始めるんだ。だから、毛ばりを投げるだけで入れ食いってわけさ」

「じゃあ、あたしでも釣れちゃうわけ?」

「もちろんさ」

「面白そう! おんぷちゃん、行ってみようよ?」

「そうね!」

「よし、決まりだ! はづきちゃん、あいちゃんは、どうする?」

と、お父さんが二人に尋ねると、ぽっぷが、

「はづきちゃんには、勉強を見てもらうことになってるの! だから、ダメ!」

はづきちゃんも続けて、

「カゲロウって、蚊の大きい感じですよね? ごめんなさい。私、苦手なんです」

「あたしもパスやな。大会も近いし、裏の小学校の校庭で、練習したいんや」

あいちゃんにも断られて、結局、三人だけで目的地の渓流のプールを目指していたんだ。

◇

太陽は西に相当傾いており、水面は日光を反射して、黄金色に輝いていた。

あたし達は川岸に屈《かが》み込み、顔を洗い、タオルを濡《ぬ》らして、体の汗を拭《ふ》き取った。

あたしとおんぷちゃんが、持参した飲料水で喉を潤している間、お父さんはさっさと釣《つ》り竿《ざお》にリールやラインを装着して、フライフィッシングを始めた。

すると、一投目から水面を割って、二〇センチほどのアマゴが飛び出してきて、毛ばりを咥《くわ》えた。

お父さんは素早く釣り竿を立てて、合わせると、リールは巻かずに、ラインを巧みに手《た》繰《ぐ》り寄せた。そして、背中に吊《つ》るしていたネットでアマゴをキャッチした。

あまりの鮮やかさに、あたしとおんぷちゃんは、歓声を上げて駈《か》け寄《よ》り、ネットの中のアマゴを覗《のぞ》き込《こ》んだ。

「うわあ、すごーい！」

青のバーコードのような模様に、赤い斑点《はんてん》がある、美しいアマゴだった。

「ヒレもピンとしてるだろ？　この辺りのアマゴは、養殖じゃなくて、天然なんだ」

お父さんは、嬉《うれ》しそうに言うと、アマゴから毛ばりを外し、スポイトをベストの裏ポケットから取りだした。

そして、スポイトに渓流の水を吸い込ませると、アマゴの口に突っ込み、水を注入した。

続いて、スポイトで今度はアマゴに注入した水を吸い込むと、用意した白いシャーレに押し流した。

すると、水と一緒に、アマゴが捕食したものがどっさり出てきた。黒っぽい芋虫のような虫や、クリーム色をした蚊の親分のような虫だった。

「ふふ、やっぱりな。黒いほうが、モンカゲロウの幼虫で、クリームっぽいのが成虫だ」

お父さんは、すぐにアマゴをリリースして、シャーレのモンカゲロウの残骸《ざんがい》を渓流の水で洗い流し、スポイトと一緒にベストにしまった。

そして、リールを巻いて、ラインを巻き戻すと、毛ばりを釣り竿《つざお》のフック止めに引っ掛けた。

「お父さん、もう釣るの、やめちゃうの？」

「もう少したてば、嫌ってほど釣れるから、もういいんだ」

そう言うと、お父さんは、あたし達用に持ってきた釣り竿にリールを取り付け、ラインをガイドや竿先に通していった。

そして、モンカゲロウの成虫を模した毛ばりを糸先につけると、あたし達に渡し、上流のプールに向かって歩きだした。

まるで、そこだけ時間が止まっているかのように、プールは静まり返っていた。

流れはあるんだけど、緩やかなので、水音は聞こえないし、水面は鏡となって、黄金色から茜色《あかねいろ》に変わっていく夕空を反射していた。

あたし達は、ゆっくり右カーブに曲がる渓流の内側の岩に、腰掛けて、モンカゲロウが羽化《うか》するのを待っていた。

お父さんが、西の丘に沈んだ夕陽を眺めながら、

「そろそろ始まるぞ。お祭りが」

その言葉を待っていたかのように、プールの水面に、ポツリとリングのような波紋ができた。

波紋の中心から、クリーム色のモンカゲロウが、テイルを振りながら舞い上がった。

すると、プールのそこかしこに波紋ができて、モンカゲロウが次々と羽化して、舞い上がっていく。

次の瞬間、たくさんの波紋を割るように、アマゴやイワナが水面に躍りだした。

ピシャッ……ピシャッ……ピシャピシャピシャピシャッ！

あたし達の目の前には、モンカゲロウの大群が、乱舞している。

あまりの数の多さに、周りの景色がぼやけて見える。

プールの水面では、やむことのない魚達の捕食のダンスが続いている。

あたしとおんぷちゃんは、絶句したまま、立ち尽くしていた。

「なんなの、これって……！」

おんぷちゃんの言葉で、あたしは我に返り、お父さんを見た。

お父さんは、釣りもせず、カメラのシャッターを押し続けながら、

「水棲《すいせい》昆虫が羽化《うか》することをハッチって言うんだけど、ここまで一斉にハッチすることを、スーパーハッチって言うんだよ」

「まさか、こんなに多いなんて……」

モンカゲロウ達は、身体《からだ》にまとわりついてきたけど、あたし達は振り払おうともせずに、ただ目の前で起こっている自然の営みを呆然《ぼうぜん》と眺めていた。

お父さんは、カメラをしまうと、少し真顔になって、おんぷちゃんに語りかけた。

「これをおんぷちゃんに見せたかったんだよ。モンカゲロウだけじゃないけど、水棲昆虫ってヤツは、一年間、水の中で暮らし、ある時期が来ると、こうやって一斉に羽化するんだよ。中には、羽化に失敗して、アマゴ達に食べられてしまうヤツもいるけど、みんな、必死になって、羽化しようとして、もがいてるんだよ」

おんぷちゃんは、依然として続くスーパーハッチと、歓喜して水面を割って捕食するアマゴ達を、瞬《まばた》きもしないで眺めている。

「おんぷちゃんも今、このモンカゲロウと同じように、子供から大人に成長しようとして

るんだ。もがいてもがいて、もがき抜いて、結論を出すといいよ」

「……ありがとうございます。とってもいいものを見せてもらったような気がします」

「ホント、お父さんにしては、いいこと言うよ」

「『にしては』は余計だろ！」

おんぷちゃんがクスッと笑った。

「よーし、晩飯分を釣ろう！」

あたし達は、一斉に釣り竿《つざお》を振った。

まさに、入れ食い状態で、アマゴとイワナが次々に釣れた。

二〇センチ以下の魚は、全部リリースして、二五センチ前後の魚を九匹キープして、あたし達は納竿《のうかん》した。

同時に、スーパーハッチは収まり、不帰山川《ふきやまがわ》のプールは、何もなかったように沈黙した。

自然って、ホント不思議で偉大だよね。

◇

翌日から、何か吹っ切れたかのように、おんぷちゃんはアクティブに動き回り、誰彼《だれかれ》となく話しかけていた。

早朝は、眠そうなぽっぷを誘って、近所の小学校へラジオ体操に出かけたり、あたしのおばあちゃんやお母さんと畑へ行って、朝露がついた野菜を採ってきたり、あいちゃんの陸上の練習に付き合って、いい汗をかいていたらしい。

全部、はづきちゃんから聞いた話だった。

はい、あたしは昼近くまで、寝ていました。

昨日の晩、みんなとのパジャマトークが盛り上がりすぎた挙げ句、なかなか寝付けなかったんだよ。とほほのほ。

そんなわけで、庭にある井戸の水で、顔を洗っていると、おんぷちゃんが離れのおじいちゃんの仕事部屋に向かうのが見えた。

「おんぷちゃん、おはよう」

「おはようって時間じゃないわ。ホントお寝坊さんね」

「面目ない。で、どうしたの？」

「おじいちゃんの仕事を見せてもらおうと思って」

「へえ、あたしも行く」

タオルで顔を拭《ふ》きながら、あたしもおんぷちゃんに続いて、おじいちゃんの仕事部屋に入っていった。

入った途端、漆の匂《にお》いがした。

おじいちゃんは、農業をやるかたわら、春慶塗《しゅんけいぬり》の職人として、この辺りでは有名だった。

春慶塗っていうのは、お盆や重箱や茶托《ちゃたく》なんかの漆器のことで、他の漆器とは違って、透明で木目の美しさを活かして、色は黄色や赤が多いんだって。

「少し見せてもらってもいいですか？」

おんぷちゃんの言葉に、おじいちゃんは、神社に奉納する能面に仕上げの漆を塗っていた手を止め、無言で頷《うなず》いた。

おじいちゃんの丁寧な仕事ぶりに、おんぷちゃんは瞳《ひとみ》を輝かせて見入っていたけど、あたしはすぐに退屈してきて、大きなアクビをした時だった。

「どれみ、喉が渇いた。お茶を淹《い》れてきてくれんか？」

と言って、空の急須《きゅうす》をあたしに差し出した。

「了解！」

あたしが受けると、おんぷちゃんが、

「私が行ってくるわ」

と急須を取ろうとしたので、

「いいって。おんぷちゃん、おじいちゃんと話したいんでしょ？　じゃあ」

あたしが飛び出していくと、おんぷちゃんは、おじいちゃんの背後に回り込み、

「肩、お揉《も》みしましょうか？」

「すまんの。ちょっと揉んでもらおうか」

「はい」

おんぷちゃんは肩を揉みながら、

「おじいさん、お尋ねしていいですか？」

「ああ、なんだい？」

「春慶塗《しゅんけいぬり》のお仕事って、何年やっていらっしゃるの？」

「うむ……ばあさんと知り合うもっと前じゃから、かれこれ、六〇年というところかの」

「そんなに！　すごいですね」

「すごくなんかないよ」

「でも、こんな素晴らしい作品を作り続けられてるんですもの。尊敬しちゃいます。やっぱり才能なんですね」

おんぷちゃんは、棚に飾ってある、おじいちゃんの作品の重箱やお盆を見ながら言った。

「才能？　そんなものはない。師匠のオヤジの技を見よう見まねで覚えただけじゃよ」

「でも、それだけじゃ、あんな美しい作品は作れないと思います。まさに、芸術です」

「ほっほっ、そんなに褒めても、お茶ぐらいしか出んぞ」

おんぷちゃんがクスッと笑った時、あたしが戻ってきたんだ。

あたしは三人分のお茶を淹《い》れて、一緒に飲んだ。

「もし、わしに才能というものがあるとすれば、楽しんで続ける力があることかの」

おじいちゃんが目を細めて言った。

「楽しんで……続けること、か」

おんぷちゃんの表情が、みるみる明るくなるのが、あたしには分かった。

◇

「私、自分のために、女優続けるわ」

おんぷちゃんが、そう結論を出したのは、その日の夜、庭で花火をあげている時だった。

突然の宣言に、はづきちゃんもあいちゃんも、初めは驚きの表情を浮かべた。

あたしは、薄々分かっていたので、笑顔で、

「そう！　良かったね。迷いが吹っ切れて」

「ありがとう」

「やっぱり、おんぷちゃんは、普通の女の子より、女優さんのほうが似合ってると思う」

はづきちゃんが新しい花火を持ってきて、おんぷちゃんに渡した。

「そうかしら？」

「今夜のおんぷちゃん、めちゃ別嬪《べっぴん》さんに見える。なんちゅーか、スターのオーラが出てるわ」

おんぷちゃんの花火に、自分の花火で火をつけてあげながら、あいちゃんが言った。

「ありがとう」

おんぷちゃんは、笑顔で、花火をクルクル回した。

あたしも負けじと、その横で、花火をグルグル回しながら尋ねた。

「ねえ、おんぷちゃん、自分のために女優続けるって言ったけど、どういうこと？」

「私が芸能界に入ったのも、チャイドルとして頑張ってきたのも、全部ママの夢を実現させるためだったわ。お陰で、仕事以外は、全部ママにおんぶにだっこだった」

「子供だったんだもん、仕方ないよ」

「甘えすぎだったのよ。でもね、これからは、自分の足で立ち、ゆっくりでもいいから、女優の道を、楽しんで歩いていこうと思うの」

そう言うと、縁側でビールを飲んでいたおじいちゃんとお父さんに向かって、軽く頭を下げた。

おじいちゃんとお父さんは、目を細め、ビールのグラスを軽く上げた。

そこへ、お母さんが麦茶を持ってきてくれたので、あたし達は飛びつくようにコップに注ぎ合って、

「おんぷちゃんの未来に、幸あれ！」

「乾杯！」

喉を鳴らしながら一気に飲み干した。

◇

おんぷちゃんは、やっぱりおんぷちゃんだった。

お盆休みが終わり、飛騨《ひだ》から戻って、ＭＡＨＯ堂のアルバイトを再開して間もないのに、あたし達の前に、おんぷちゃんは現れたんだ。

「ハーイ！」

と、軽く右手を挙げ、颯爽《さっそう》と店内に入ってきた。

「お、おんぷちゃん⁉」

「ど、どうして、ここに⁉」

あたしもはづきちゃんも、まるで幽霊でも見ているかのように、口をぽっかり開けたま

ま絶句した。

あいちゃんは、インターハイに出場するため、休みだった。

「何？　幽霊じゃないわ。ちゃんと足あるわよ」

あたし達は、おんぷちゃんの足を思わず見ていた。

「ふふふ、確かに本物のおんぷちゃんね」

はづきちゃんが苦笑して言った。

「でも、どうして？　飛騨《ひだ》にいる時には、こっちに来るなんて、一言も言ってなかったじゃん」

「ふふ、実は、新しく所属する芸能プロダクションが決まったから、みんなにも知らせようと思って」

「ええ――っ！」

びっくりしたあたしは椅子《いす》ごとひっくり返り、はづきちゃんは眼鏡がずり落ちた。

おんぷちゃんは、あたし達のリアクションがツボに嵌《は》まったみたいで、お腹《なか》を抱えて笑った。

「ひどいよ、おんぷちゃん……」

「ごめんなさい。思ったとおりのリアクションだったものだから」

おんぷちゃんは、あたしを助け起こすと、テーブルの椅子に腰掛けて、新しい芸能プロダクションに入った経緯を話してくれた。

飛騨で、女優を一生の仕事だって決めた翌日、おんぷちゃんは北海道に戻ると、両親にその決意を告げ、東京で再出発したいと申し出たんだって。

おんぷちゃんのお父さんもお母さんも、おんぷちゃんの並々ならぬ決意を感じ取ってくれて、賛成してくれたみたい。

そして、自分の知り合いの芸能プロダクションに片っ端から電話をかけてくれたんだけど、子役でアイドルのチャイドルというレッテルを張られ、低迷していたおんぷちゃんを欲しがるプロダクションはなかった。

でも、おんぷちゃんは諦《あきら》めなかった。

昔、舞台のオーディションを受けた縁で、今でも付き合いがある、同世代の女優の桐野《きりの》かれんちゃんに相談したところ、自分が所属している芸能事務所を紹介してくれたんだって。

おんぷちゃんは、さっそくプロフィールと、女優として再スタートしたいという思いを手紙に書いて送ったところ、直接会いたいという返事が来たの。

それで、今日上京してきて、事務所入りを決めてきたってわけ。

この行動力が、おんぷちゃんの真骨頂なんだよなぁ。

「事務所自体はそんなに大きくないけど、お金儲《もう》けより役者やタレントのことを考えてくれるみたいだから、決めたの」

「よかったわね」

「おめでとう、おんぷちゃん」

「ありがとう」

と、そこへ、マジョリカとララも来て、加わった。

「おお、おんぷ、来とったのか！」

「マジョリカ、ララ、久しぶりね！」

三人は抱き合って、再会を喜び合った。

「マジョリカ、おんぷちゃん、新しい事務所に入るのが、決まったんだって」

「ほう、そうか。で、またこっちに住むことになるのか？」

「ううん。当分は、都内の事務所の寮に入ろうと思って」

「ああ、そういえば、こっちの自宅が、売りに出るとか出ないとか、噂《うわさ》があったけど……」

「全部、マスコミが作ったデマよ。ママが治ったら、昔みたいにこっちで、家族と住むつもり」

「だと思ったよ」

「そうなったら、おんぷも移動が大変じゃろう？」

「そうよね。どうせなら、おんぷちゃんも魔女見習いになったら？」

ララが気軽に勧めた。

それは、あたし達も勧めていたことだったけど、おんぷちゃんは毅然《きぜん》とした態度で、

「私はこのままでいい」

「でも……」

「魔法を使えるようになれば、以前のように役を獲《と》るために使っちゃったり、ママの病気を安易に治しちゃいそうだしね」

お茶目に舌を出して、微笑《ほほえ》んだけど、その目は笑っていなかった。

もうその話はしないでって、明らかに拒否していた。

それを察したはづきちゃんが、

「高校のほうはどうするの？」

と、話題を変えた。

「そっちも大丈夫。中学と同じ、芸能人コースがある高校に手続きしてきたわ」

「さすが、おんぷちゃん！　抜かりはないのね」

「明日から、ダンスやボイストレーニングの稽古《けいこ》も始まるし、煩わしいことは、さっさと済ませちゃわないとね」

「いよいよ、本格派女優を目指す、瀬川《せがわ》おんぷのスタートだね。あたし達、応援するから

ね！」

「頑張ってね！」

「ありがとう。私のことはもういいわ。それより、どれみちゃん、さっき、ここに来る途中、小竹《こたけ》くんに会ったわ」

「！　そ、そう……」

「小竹くん、カッコよくなったわね！　どれみちゃんがラブレター書いたの、分かる気がする」

飛騨《ひだ》に行った時、おんぷちゃんにも、小竹との経緯は隠さず話していたんだ。

「小竹くんと少ししか話せなかったけど、どれみちゃんの話をしようとしたら、逃げるように走り去っちゃったわ」

「おんぷちゃん、もうその話はいいよ！」

あたしは話題を変えようとしたけど、

「小竹くんの様子からして、彼も返事を出しそびれて、気にしてるんじゃないかしら」

「おんぷちゃんもそう思ったんだ。私も絶対そうだと思うんだけど」

はづきちゃんもグイグイ話題に割り込んできた。

「手紙の告白って、結構重いものがあるし、たぶん、いろいろ考えすぎちゃうのよね」

「分かるわ。私が北海道へ行った時もそうだったもの。みんなはきっと私のこと心配してるだろうと思ったけど、結局先延ばしにしちゃって……結局伝えにくくなってた」

みんながちゃんと考えてくれて、あたしは嬉《うれ》しくなった。

あれ、これってもしかして……。

「どうしたの、どれみちゃん」

「うん、あのさ……」

あたしにはうまく説明できたか自信ないけど、小竹が、もしあたしを好きだったら、あたし達、付き合うことになるのかなって。

小竹はあたしのこと、いろいろ気にしてくれた。文句も言ってたけど、何かとかばってくれた。昔あたしにしてくれたみたいなことを、他の誰《だれ》かにするのは嫌だと思った。

「それが好きってことじゃないの？」

おんぷちゃんの言うとおり、そうかもしれない。

ちゃんとそういうつもりで付き合ってみたいって思ったんだ。

「どれみちゃん、手紙や電話じゃなくて、直接訊《き》いてみたら。同じ学校にいるのに、ギクシャクするのはつまらないじゃない」

はづきちゃんはそう言うけど、最近避けられているような気がするんだよね。

「そうね。それでダメなら、スッキリ気持ちを切り替えられるじゃない」

「おんぷちゃんって男前よねー」

でもでも、こうやってみんなでバイトしたり、その後でお喋《しゃべ》りしたり、魔法でいろんなことを解決したり、新しい友達と出かけたり。

高校って、今までよりもずっと遠いところから生徒が集まって来るし、あたしの知らないことを教えてくれる友達もできた。

彼氏ができるとさ、そういう友達よりも大事になっちゃうのかな？

あたしは彼氏もいないのに心配になっちゃったんだよね。

そんなことを、あたしが話すと、はづきちゃんは微笑《ほほえ》み、

「大丈夫よ、どれみちゃん。私だって一応矢田《やだ》くんと付き合ってるけど、どれみちゃん達も、カレン女学院の友達も、家族も大好きだし大事だから」

ララもウィンクしながら続けた。

「今時の学生さんはやること一杯あるものね。恋愛以外、何も見えないってこともないいんじゃないの」

その時、突然、あたしのケータイの着信音が鳴りだした。

「あっ、あいちゃんからだ！」

はづきちゃんは、すぐに店内の柱時計を見て、

「決勝が終わった頃《ころ》だわ！」

午前中のメールで、予選タイムが五位の成績で、決勝にコマを進めたことは知っていた

から、あたしはすぐに通話ボタンを押した。

「もしもし、あいちゃん、どうだった？」

だが、あいちゃんは答えず、沈黙が続いた。

「どうだったの、あいちゃん？」

みんなが、心配そうにあたしの周りに集まってきた。

「もしもし、あいちゃん！」

微《かす》かに、嗚咽《おえつ》の声が聞こえてきた。

「あいちゃん……泣いてる」

「ええっ⁉」

「あいちゃん、どうしたの⁉　成績、悪かったの？」

「……そやないけど……」

ようやくあいちゃんの声がした。

「ひょっとして、優勝して、嬉《うれ》し泣きか？」

マジョリカの声が聞こえたのか、

「ちゃうちゃう……」

あいちゃんは、すぐに否定した。

「じゃあ、どうして、泣いてるのさ？」

「悔しゅうて悔しゅうて……」

「コンマ01秒差で、優勝できへんかったんや。それが、悔しゅうて悔しゅうて……」

「ちょっと待ってよ！　ってことは、準優勝ってこと!?」

「うん……」

途端に、はづきちゃんがあたしからケータイを奪い取った。

「あいちゃん、すごいじゃない！　インターハイで二位ってことは、二年生、三年生も含めた全国の高校生の中で、二番目に速いってことでしょう？」

「まあ、そやけど……」

今度はおんぷちゃんがケータイを取り、

「やっぱりすごいことよ！　胸を張っていいと思う」

「えっ？　どうして、おんぷちゃんがそこにおんねん？」

あたしがケータイを奪い返し、

「あのね、おんぷちゃん、上京してきてさ、所属する事務所を決めてきたんだって！」

「ホンマかいな！　さすが、おんぷちゃんやな！　どれみちゃん、おんぷちゃんに替わって」

「うん、いいよ」

さっきまで泣いてたのを忘れて、あいちゃんはおんぷちゃんとガールズトークを始めた。

楽しそうに笑いながら話すおんぷちゃんを見ながら、はづきちゃんもマジョリカもララも微笑《ほほえ》んでいる。

でも、あたしだけは、そんな気分じゃなかった。

はづきちゃんも、あいちゃんも、おんぷちゃんも、自分の進むべき道を見つけて、着実に歩み始めている。

でも、あたしは……。

まだ、一六歳になったばかりだし、そんなに焦らなくてもいいのかもしれない。

でも、みんなが大人に見える。

あたしだけ、まだ子供のままなのか？

いや、そんなことない。

とりあえず、小竹《こたけ》とのことだけは、決着つけないと、先に進めないような気がしてきた。

単にテレて返事が遅くなったのか、断るのが気まずかったのか分からないし。

付き合うのはダメになっても、友達くらいには戻りたいよ。

そしたら、試合だって気持ちよく応援できると思うんだ。

まずは、小竹《こたけ》と話そう！

◇

翌日、電話で話すのも、照れくさかったんで、あたしは学校でサッカーの朝練中の小竹を訪ねた。

一年生でレギュラーの小竹は、とても忙しそうだった。あたしの存在に気づいた小竹は、部員達の目を気にしながら、休憩タイムに近づいてきた。

「な、なんか、用か？」

「あんたとさ、ちゃんと話したいんだけど、時間取れないかな？」

「………」

小竹は察しがついたみたいだけど、しばらく黙りこくっていた。

その時、練習再開を告げる監督のホイッスルが鳴った。

「ごめん。こうしよう。朝練終わるの、十時なんだ。十一時に、美空《みそら》公園の噴水の前で、待っててくれ。絶対行くから」

あたしの返事を待たずに、小竹は部員達のほうへ駈《か》けていった。

あたしは、とりあえずMAHO堂に行き、インターハイから帰ってきて、バイトに来ていたあいちゃんに事情を話した。

「分かった。マジョリカには、あたしから話しとくわ」

あいちゃんの言葉に甘えてさせてもらって、美空《みそら》公園へ向かうことにした。

「どれみちゃん、ファイト！」

あいちゃんの声に、引きつった笑みを浮かべ、敬礼したあたしだったが、美空公園に近づくにつれて、心臓がバクバク悲鳴を上げだした。

約束の時間より十分も早く着いていた。

公園内には、図書館もあり、夏休みの宿題を片付けようとしている小学生達で賑《にぎ》わっていた。

そんなガキどもときたら、あたしの顔を見ながらクスクス笑うんだよ。

相当変な顔をしてるんだろうと、噴水の水面に映る自分の顔を覗《のぞ》き込《こ》む。

なんという情けない顔をしてるのさ。

とても、ハツラツとした高校一年生には見えないよ。

そういえば、小学校時代、高校生のギャルを見るたびに、お姉さんというより、おばさんじゃん、あたしもああはなりたくないなぁって思ってたけど。

今のあたしは、もっとひどいような気がした。

こんな顔、小竹《こたけ》に見られたら、どうしよう。

あたしは、近くの水飲み場へ小走りに近づき、懸命に顔を洗った。

そして、顔を拭《ふ》こうとした時、ハンカチを忘れていることに気づいた。

ど、どうしよう……。

「ハンカチ忘れたんなら、これ、使えよ」

小竹が、スポーツバッグの中からタオルを摑《つか》んで、差し出してきた。

タオルは汗臭かったけど、文句を言える立場じゃない。あたしは、ゴシゴシ顔を拭いて、

「あ、ありがと……」

タオルを返した時だった。

「……ゴメン！」

小竹はいきなり頭を下げた。

「すぐに返事を出さなきゃって思ってたんだけど、なんて書いたらいいか迷っていたら、つい出しそびれちゃったんだ」

「いいよいいよ、手紙ってあたしも書きなれてないし」

おんぷちゃんやあいちゃんみたいに、ビシッて言おうと思ってたんだけど、やっぱりグ

ダグダになっちゃった。

「でも、やっぱり手紙で返事を書きたいんだ。もう少し待っててくれないか？」

「へ？　いいけど……別に」

いやいや、今ここでもいいじゃん。

そう言いたかったけど、やっぱりグダグダだ。なんだか小竹《こたけ》も真剣な顔つきだったんで、押し切られた感じかも。

「もうすぐ予選が始まるんだ。当分忙しいけど、返事はちゃんとするから」

「うん。サッカー部のレギュラーなんでしょう。頑張ってるね」

「まあな、強いチームだからな。レギュラーだってうかうかしてるとすぐに奪われちまうから、毎日必死だよ」

「そっか……頑張って」

思えば、あたしは小竹とこんなに長く話をしたことがあったっけ。

小竹が大人っぽく見えた。

最近あたしってこういうパターン多いな。うっかりマイナス思考になりそうなところだった。あたしはブンブンと頭を振った。

「何してんだ？」

「な、なんでもないよっ、じゃあ、返事待ってる！」

あたしは小竹に手を振って走りだした。

みんなのアドバイスのお陰だけど、ちゃんと自分から訊《き》けた。

あたしは仲間のみんなよりも、子供っぽくて、単純だけど、あんまりヘコまないようになった。

逆に、みんなより遅れた分、アドバイスしてもらえるんだって、ポジティブに考えなきゃ。

◇

「どれみちゃん、もっと自分磨きしないと、小竹くんに愛想つかされるわよ」

「うーん、小竹くんのこと好きなら、もう少しいろんなことを知っておいたほうがいいんじゃない？」

「……アホやな、どれみちゃん」

くくくー。なんて容赦のない人達。

気分はシンデレラだよ。助けてー魔法使いさーん。

「大丈夫よ。私だってよくルール知らないんだから。帰りに本屋さん寄ってく？」

「ＤＶＤとか見たほうが手っ取り早いんじゃない？　あ、今Ｊリーグもやってるし、お父さんに教えてもらうってどうかしら？」

「にしても、良かったで、ホンマ。最初にあたし達に聞いといて」

小竹《こたけ》から手紙をもらったんだよ。

夏休みも終わって、九月に入って、すぐだった。

思ったより簡単な内容で、それじゃ、あの時返事してくれても良かったのにって思ったよ。

それが、『お前を国立に連れて行く』みたいなことが書いてあったんだ。そしたら、自分の気持ちを言うんだって。

「国立《くにたち》って、中央線のどっかの駅だよねえ。そこになんかあるの？」

場所はいつもと同じＭＡＨＯ堂の作業スペース。

ちなみに定休日で、在庫チェックや値札付けをやっていて。目の前には興味津々という顔を隠そうとしない三人の親友達。

おんぷちゃんも、レッスンの合間を縫って、あたしを心配して来てくれた。

くくくく……不覚。一番まずい人達に、弱みを握られた気分だよ。

思えば、あたしの人生、いつもいつもこんなだったような。なんという学習能力ゼロ。

「じゃ、私から説明するわね」

おんぷちゃんがエア眼鏡をサッと直して、立ち上がった。イメージは女史ってとこかな。で、説明してくれたところによると。

「国立《くにたち》じゃなくて『コクリツ』って読むのよ。国立競技場の略ね。高校サッカーの全国大会が毎年あるのよ。野球でいう甲子園っていえば分かるかしら。都道府県代表校が試合をするんだけど、準決勝からは国立競技場で行われるの。ちなみにほぼ同時期にラグビーもあるのよ……ここまで分かってくれたかしら、どれみさん？」

「はいっ、寝てませんっ！」

女教師のノリだあ。

ほんの数行のセリフだけでも、消化しきれてないあたしって。

「先生……じゃなくて、おんぷちゃん、質問！　小竹はもうすぐ予選って言ってたんだけど」

おんぷちゃんは、ふふっと笑い、

「そうよ。まだ県代表にさえなってないのよ。国立なんて、当分先なの。だーかーらー」

正真正銘の美少女が、あたしに迫った。

「国立を『クニタチ』なんて言っていても、大丈夫よ。良かったわねえ」

玉木麗華《たまきれいか》が乗り移ったかのような、女王様ぶりだよ。

「ウチのサッカー部は、ええ監督がおって、強いんで有名なんや。代表は間違いないけど、その前にどれみちゃんも、少しは詳しくならんと」

「そうよ。国立に連れて行くなんて、告白そのものじゃないの。どれみちゃんもサッカーのルールとか知っておけば、一緒に試合を見に行っても、応援しても楽しいわよ」

「たぶん、小竹《こたけ》くんもまだ、自信がないんじゃないかしら。国立って近いけど、遠いものよ。サッカーは一人でするスポーツじゃないし、国立の舞台に立てるような自分をイメージトレーニングしているんじゃないかな」

「……そっか。一年生でレギュラーってだけでも、プレッシャーだしね」

好きとか嫌いとか、付き合うとか付き合わないとか、あたしってやっぱり勝手だったのかな。

このまま何もサッカーのことやレギュラーの辛《つら》さを知らなかったら、サッカーとあたしとどっちが大事なの？　なんて、言っちゃいそう。

聞いてもらってよかった。やっぱり友達っていいな。

「お父さんと一緒にテレビで試合とか見るといいんじゃないかしら。フィッシングライターだけど、スポーツ詳しそうだし。そうしたら教えてもらえるでしょう」

「そやそや、年頃《としごろ》の娘を持った父親って、案外寂しいもんやで。娘からコミュニケーションとってやれば、きっと喜ぶで」

「同じ小学校出身の男子がレギュラー取ったから、ルール知りたいって言っても、お父さんは疑わないと思うわ」

「うんうん、あたし、頑張るよ」

頑張ってルールを覚えて、サッカーにも詳しくなろう。

小竹があんなに努力しているのに、あたしが何も知らないんじゃや、勝っても負けてもうわべだけの感想しか喋《しゃべ》れないもんね。

一緒に喜んで、一緒に悔しがることから始めようって思ったんだ。

第六章
明日に向かって走れ！

そんなわけで、やっと、あたしも大親友達と同じスタートラインに立って、高校生活を送れる気がした頃《ころ》だった。

一番、充実した高校生活を送っていると思ったあいちゃんが、沈んだ表情で、MAHO堂に現れたんだ。

三日前に、国体の県の代表選手に選ばれて、

「国体でええ成績残したら、陸上の名門の大学にも引っ張られるし、オリンピックの強化選手も夢やない！　あたし、めちゃ頑張るで！」

って、張り切っていたのに。

「どうしたの？　そんな暗い顔しちゃってさ」

「あたし、部の中で、めちゃくちゃ浮いてるみたいなんや」

「どういうこと？　意味分かんないよ」

あいちゃんが言うには、部員が少なく、弱体化している美空《みそら》高校陸上部の中で、孤軍奮闘すればするほど、浮いた存在になってしまっていたんだって。

「クラブ活動なんて、適当にやって楽しめばいいんだよ。ハッキリ言って、お前は目障りだ」

とまで言いだす先輩もいたんだって。

「気にすることないよ！　オリンピックに出て、金メダルを獲《と》るのが夢なんでしょう？」

「うん……」

「夢に向かって突き進むあいちゃんを、本当は部員の人達も羨《うらや》ましいって思ってるんだよ。そんな意見には迷わされずに、あいちゃんは今までどおりに練習すればいいんだよ」

「どれみちゃん、ありがとう。なんか元気出てきたわ」

あいちゃんは、気丈に笑ってみせた。


その時には、まだあいちゃんは我慢してると思ったんだけど、一週間が過ぎた頃、学校で見たあいちゃんは、完全に吹っ切れて、いつものあいちゃんだった。

「あたしのアドバイスが効いたみたいだね」

放課後の校庭で、黙々と練習をしていたあいちゃんに、あたしが声をかけると、

「ちゃうちゃう。あの人のお陰や」

笑いながら、あいちゃんは一方を指差した。

「あ、あのイケメンは！　あいちゃん、ひょっとして、新しい彼氏ができたの⁉」

「へ？　どこ見てんねん！　その手前や。うちの顧問の長尾《ながお》先生と一緒におる人や」

あたしがイケメンの先輩から視線を手前に移すと、なんと推定年齢六八歳のおじいさんが、長尾先生と話しながら、ジョギングする部員達に、何やらハッパをかけていた。

「うちの高校の第一期生で、一〇〇メートルでオリンピックの代表候補になった、飯山《いいやま》さんっていう陸上部のＯＢや」

「へえ、一期生のＯＢか……」

「最近、ちょくちょく練習を見に来てくれてな。気合が入ってへん先輩達をガンガンどやしつけてくれてんねん」

「成る程ね。あいちゃんの理解者が現れたってわけか」

「それだけやない。めちゃ参考になるアドバイスもしてくれるから、ここのところ、記録が伸び始めてんねん」

「そうなんだ」

その時、飯山さんがこっちに気づき、近づいてきた。

「妹尾《せのお》、何サボってんだ！」

「あっ、すんません」

「あのぅ……あたしが声をかけちゃったもんすから」

飯山さんは、訝《いぶか》しげにあたしを見た。

「大親友の春風《はるかぜ》どれみちゃんです」

「はじめまして。春風っす」

あたしはちょこんとお辞儀した。

「ほな、どれみちゃん、練習するわ」

そう言うと、あいちゃんはスタートの練習を再開した。

そんなあいちゃんを、飯山さんは目を細めて見ている。

「飯山さん、ありがとうございます」

「ん？」

「あいちゃんがいろいろお世話になったみたいで……あたしからもお礼を言いたかったんで」

「礼には及ばんよ。わしが勝手に妹尾にイレ込んでるんだ。あいつ、絶対オリンピックに行けるよ」

「マジっすか⁉」

思わずタメ口が出てしまい、

「す、すいません。大先輩に向かって」

あたしが頭をかきながら謝ると、飯山さんは声を出して、笑った。

「妹尾もそうだが、君もなかなかいい性格をしてるようだな」

「そ、そうっすかぁ。いやぁ、照れるなぁ」

「ははははは、君達みたいな孫がおったら、どんなに楽しいか」

「飯山さんには、お孫さんはいらっしゃらないんすか？」

途端に、飯山《いいやま》さんの表情が険しくなった。

ダルマ、そう七転び八起きのダルマさんのような感じになっちゃったよ。

「あ、あの……あたし、なんか悪いこと言っちゃいました？」

飯山さんは、無視してあたしの元を離れていってしまった。

その後ろ姿が、とても寂しそうに見えた。


「ああ、どれみちゃんにもそんなことゆうたんや。あたしにもおんなじことゆうから、お孫さんのこと訊《き》いたら、ムッとしてしもてな。気にすることないって」

部活の帰りに、ＭＡＨＯ堂に寄ったあいちゃんが、地雷を踏んだと思っていたあたしに同情して、励ましてくれた。

「お孫さんが亡くなったとか？」

「それはない。飯山さんの家は、駅前の工務店なんやけど、学校帰りの中学生と小学生の姉妹が入っていくの見かけたことあんねん」

「そうなんだ……。てことは、お孫さん達とうまくいってないってこと？」

「分からん。さすがに、そこまで深入りして訊くのも失礼やし」

「でも、あいちゃんにとっては大事なおじいさんなんでしょう？」

「うん。そやけど……」

「飯山さんとお孫さん、うまくコミュニケーションがとれてないのかも。きっとそうだよ。ねえ、あたし達でもう少し事情を調べるなり、訊き出してみようよ」

「でも、どうやって？」

魔法だよって、あたしが言おうとした時、店の前で、車のブレーキ音が響き、続いて、クラクションの音がした。

あたしとあいちゃんは、窓から表の通りを見ると、タクシーが停《と》まっており、あいちゃんのお父さんが、運転席の窓から顔を出した。

「お父ちゃん、どないしたん？」

「あいこ、喜べ！　新しいたこ焼きセット買《こ》うてきたで！」

あいちゃんのお父さんが、嬉《うれ》しそうにたこ焼きセットが入った大きな包みを見せると、

「たこ焼き器が壊れてしもて、ここんとこ食べられへんかったんや」

あいちゃんがあたしに説明してくれた。

「はは、それは良かったね」

あたしは半ば呆《あき》れ顔《がお》で言った。

大阪人にとっては、たこ焼き器は必需品だとは分かっていても、あたしら関東の人間にとっては、どうでもいいことなんだよね。

「どれみちゃん、今度たこ焼き食べに来てや」

「もちろん、行きまーす！　おじさんが作るたこ焼き、最高だもんね！」

その時、あいちゃんが、

「それや！」

と叫んだ。

何がそれや？

「うちで、たこ焼きパーティー開いて、飯山《いいやま》さんも呼ぼう！」

「ああ、それいいかも！」

◇

次の日曜日、あいちゃんちのアパートで、あいちゃんの家族と、あたしとはづきちゃん、それに飯山さんを招いて、たこ焼きパーティーが開かれた。

おんぷちゃんは、オーディションがあるから、欠席だった。

やっぱり、あいちゃんのお父さんが作るたこ焼きは最高で、みんな、何度もおかわりをした。

あいちゃんの両親とはづきちゃんには、飯山さんとお孫さんの話を事前にしていた。

だから、あいちゃんのお母さんとはづきちゃんが、アルコールをうまく勧めてくれて、飯山さんはだいぶご機嫌だった。

そのお陰で、飯山さんが二六歳の時、オリンピックの代表候補に選ばれた話を聞きだすことができたんだ。

美空《みそら》高校から体育大学、社会人の陸上部と進んだ飯山さんは、東京オリンピックの代表候補に選ばれて、代表を決める大会に出場することができたんだって。

ところが、その大会の直前に、工務店を営むお父さんが急死して、オリンピック出場の夢を捨て、一家の大黒柱として、家業を継いだんだって。

それからというもの、陸上にはいっさいかかわらず、家族のため、会社のために働き続け、今は息子さんに自分の跡を継がせてるんだって、話してくれた。

「隠居暮らしなんて、羨《うらや》ましい限りですわ」

あいちゃんのお母さんが、日本酒を注いであげながら言うと、飯山さんはポツリと言った。

「それが、お恥ずかしい話なんだが、家族とはうまくいってないんだよ」

そう自虐的に笑うと、

「ここの家のように、一家団欒《いっかだんらん》というものがなくて、わしは自分の部屋で、一人で食事をしてるんだよ」

「どうして、そんなことに？」

今度は、はづきちゃんがお酒を注いであげながら尋ねた。

「わしが頑固というか、意固地だから……ついつい小言を言ってしまうから、家族に嫌われてるんだ」

「『老いては子に従え』って諺《ことわざ》がありますけど」

あいちゃんのお父さんが、焼きたてのたこ焼きの皿を持ってきて、話に加わった。

それから、昨年亡くなったあいちゃんのおじいさんの話題になった。

あいちゃんのお父さんとお母さんは駆け落ち同然で結婚したため、おじいさんに勘当されて、おばあさんの死に目にも会えず、悲しい思いをしたことや、あいちゃん自身も、おじいさんがお母さんを殴ったことがトラウマになってしまい、長い間、年寄りの男性をまともに見られなかったことを告白した。

「それなのに、なぜわしを招いてくれた？」

「トラウマは克服したんです。どれみちゃんのおじいちゃんのお陰で」

「飛騨《ひだ》のおじいちゃんなんすけど、無口だけど、優しいっちゅーかなんちゅーか」

「おじいちゃんって、怖い存在やのうて、血の繋《つな》がったかけがえのない大切な家族の一員やと思うようになったんです」

「…………」

「飯山《いいやま》さん、もっとご家族とお話しになったら、どうです？」

「コミュニケーションって、面倒やけど、大事やないですか？」

あいちゃんの両親の言葉を無言で聞いていた飯山さんは、

「理屈では分かってるんだが……この頑固な性格を直すのは無理だよ。あの時、もし、親父が倒れず、オリンピックの代表になっていたら、わしの性格も人生も変わっていたかもしれんな」

寂しそうに言うと、飯山さんはお礼を言って、帰ってしまった。


パーティーの片付けを終えて、余ったたこ焼きを、マジョリカやララに持っていく途中、あたし達は飯山さんのことが気になっていた。

「やっぱり、飯山さん、あのままにはできへん」

「お孫さんや家族と仲良くするきっかけを作ってあげられないかしら」

「きっかけかどうか分からないけど、オリンピック代表になれなかったことで、性格も人生も頑固になったみたいなこと言ってたじゃん」

「うん、ゆうてたな」

「その代表を決めるレースに出場させたら、どうなるのかな？」

「そんなこと無理……やない！　マジカルステージや！」

「ちょっと待って。それって、歴史を変えることになるんじゃ……」

「大丈夫。マジカルステージにそんな力はないよ。たぶん、夢にしてくれるはず」

「成る程ね」

「よっしゃ。今夜、やってみよう！」


その夜、あたし達は、魔女見習いにお着替えし、飯山《いいやま》さんの自宅兼会社があるビルの屋上に集合した。

「それじゃ、いくよ！」

あたし達は、一斉にクルールポロンを構えた。

「ピリカピリララ、伸びやかに！」

「パイパイポンポイ、しなやかに！」

「パメルクラルク、高らかに！」

マジカルステージを出現させると、

「東京オリンピック代表を決めるレースに、飯山さんを出場させてあげて」

マジカルステージが輝きながら発動した。

◇

「マジカルステージ、大成功や！」

翌日の朝、朝練を終えたあいちゃんが、そう叫びながら教室に飛び込んできた。

「本当？」

「飯山さん、朝練に来てな、昨夜《ゆうべ》見た夢の話をしてくれたんや」

「で、どうだったの？」

「優勝できなくて、二位やったそうや」

「そうだったんだ……なんか、悪いことしちゃったのかな」

あいちゃん、かぶりを振り、

「それがな、夢として出場できて良かったってゆうねん。そんでな、家族とコミュニケーションとれへんのを、代表を決めるレースに出られへんかったせいにするんはやめようって反省したんやて」

「それじゃあ、家族と食事するようになるのかな」

「それは、これからみたいやけど、朝の挨拶《あいさつ》をしたんやて」

「うんうん、挨拶は大事だよね。で、家族の反応は？」

「最初は、ポカンとしてたみたいやけど、みんな、ちゃんと挨拶《あいさつ》を返してくれたそうや」

「へえ、良かったじゃん」

「それがそうでもないねん」

「え？」

「飯山《いいやま》さんやないで。あたしがや」

「はあ？」

「めちゃ嬉《うれ》しかったもんやから、調子に乗ってしもてな……。国体で金メダル獲《と》ったるって、ゆうてもうた」

「別に獲ればいいだけの話じゃん」

「簡単に言わんといて。オリンピックの強化選手も何人かエントリーしてるんやで。飯山さんも応援に来るゆうし、ホンマどないしよう」

「言ってしまったことはしょうがないよ。ここは、浪花《なにわ》のど根性を見せるしかないっしょ！」

「……そやな！　よっしゃあああ！」

ここは、あいちゃんに頑張ってもらうしかないっしょ。

◇

九月の終わりに開催された国体は、兵庫県で行われた。

おんぷちゃんは、オーディションの都合で応援に来れなかったけど、あたしとはづきちゃん、マジョリカ、ララはＭＡＨＯ堂を臨時休業して、陸上のメイン会場である神戸《こうべ》の陸上競技場のスタンドに詰めかけていた。

もちろん、あいちゃんのお父さんとお母さんは、お揃《そろ》いのハッピとハチマキで、応援していた。

成年女子部の一〇〇メートルは、午前中に一次予選、午後過ぎに準決勝が行われ、午後の四時半から決勝だった。

我らのあいちゃんは、社会人、大学生に混じって出場し、一次予選は一位、準決勝では、二位となって、決勝に進んでいた。

決勝に残った八人には、あいちゃんが言ってたように、オリンピックの強化選手が三人、元代表選手が一人、八月のインターハイであいちゃんを敗って優勝した神戸の高校三年生も入っていた。

あいちゃんは、準決勝のタイムは、決勝進出者の中で第五位だったけど、他の選手達が決勝を意識して、少し抑え目に走っていたのに比べ、ど素人のあたしの目にも、あいちゃんは集中力を欠いているように見えた。

たぶん、あれほど応援に来ると、約束した飯山《いいやま》さんが来ていないのを気にしてるんだと思う。

「やっぱり、お孫さんとうまくいかんかったんかなぁ……」

決勝の集合がかかるちょっと前に、スタンドの最前列に陣取っていたあたし達の前に来たあいちゃんが心配そうに呟《つぶや》いた。

「あいちゃん、今はレースに集中よ！」

「浪花《なにわ》のど根性を見せて頂戴《ちょうだい》！」

あたし達の声援に頷《うなず》くと、トラックのスタート地点へゆっくり走りだした時だった。

「妹尾《せのお》、遅くなってすまん！」

という聞き覚えのある声が、スタンドの上のほうから聞こえてきた。

お孫さんと思える女子中学生と小学生の女の子を連れた飯山さんだった。

「飯山のおじいちゃん……！」

あいちゃんは、ただ立ち尽くしていた。

だが、その顔がみるみる明るくなっていく。

なんと、飯山さんは、孫二人と作った横断幕を広げていたんだ。

横断幕には、『必勝！　妹尾あいこ選手　金メダルへGO！』と書かれていた。

「神戸《こうべ》には、昨日着いたんだが、孫とこれを完成させるのに、今までかかってしまってな」

「あいちゃん、おじいちゃんから話は聞いてるよ！　頑張って！」

「あいちゃん、ファイト！」

飯山さんとお孫さんの声援に、あいちゃんは、両手の拳《こぶし》をギュッと握り締めると、スタンドの三人に無言で頭を下げて、さっと踵《きびす》を返した。

信じてもらえないかもしれないけど、あたしには、スタート地点に向かうあいちゃんの背中からすごい気迫のオーラがほとばしっているのが見えたんだよ。

そして、あいちゃんは、スタート用のブロックを自分で設置すると、スタートを告げる審判のピストルを待った。

カメラの前や舞台に立つおんぷちゃんもキレイだと思うけど、この時のあいちゃんも別の意味で、美しいと思った。

ゴールを見据える鋭い目、キッとしまった口許《くちもと》、そして何よりも引き締まった太腿《ふともも》の筋肉は、芸術的に美しい。

それが、ピストルの音とともに、弾《はじ》けんばかりに躍動した時、もう見惚《みほ》れるしかなかったね。

あいちゃんは爆発した！

ロケットスタートを切ると、強化選手にもライバル達にも影すら踏ませず、ゴールを駈《か》け抜《ぬ》け、飯山《いいやま》さんとの約束の金メダルを獲得しちゃうんだもん、すごいよね。

タイムは、自己新記録を0秒22更新する11秒52で、日本高校生新記録のおまけつきだったんだよ。

まさに、日本陸上界に、妹尾《せのお》あいこという超新星が誕生した瞬間でもあったんだよ。

あたしとはづきちゃんは、お孫さんと抱き合って喜ぶ飯山さんと、その笑顔をプレゼントしたあいちゃんに、惜しみない拍手を送った。

◇

あたし達があいちゃんの優勝に、酔いしれている頃《ころ》、おんぷちゃんは一人でもがいていた。

あたし達は、魔女見習いになったけど、おんぷちゃんはハッキリと断ってきた。

魔法の力に頼りたくなっちゃうのがイヤだって。

そうだよね。あたし達と違って、家族と離れて暮らし始めて、学校には友達よりも、ライバルのほうが多いくらい。おんぷちゃんでも、不安になったりするよね。

魔法は、困っている人がいて、他に手段が見つからない時だけ、助けるために使う。当たり前だけど、それが基本なんだよ。

あたしだったら、すぐに自分が楽をしたいために使っちゃいそうだもん。きっと、みんながいろんな力になってくれて、助けてくれるから、使わないでいられるんだよね。

学校やファンや芸能界には、昔のおんぷちゃんを知っている人もいる。

イメージが変わったことに驚いている人も多いんだ。

あたし達だって、最初はそう思ったけど、変わったのは外見だけで、おんぷちゃんの中身が変わったわけじゃないんだよね。

でも、テレビの中でしか知らなければ、無理もないことなのかな。

「どうや、おんぷちゃん、うまいことやっとる？」

あたしはかぶりを振った。

「オーディションに落ちちゃったって、メールが来たよ」

これで二度目になる。おんぷちゃんはテレビではなく、舞台での再デビューを選んだ。というのも、テレビの仕事も事務所が紹介してくれるのは、ドラマじゃなくてバラエティーばかりなんだって。

「子役の名声で売っても、一時的なもんやからな。女優としてちゃんとやるゆう、意思表示なんやろな」

「でも、おんぷちゃん、とっても頑張っているわ。声もよく通るし、歌もずいぶん上手《うま》くなったと思うの」

おんぷちゃんは今、ＭＡＨＯ堂のバイトはしていないけれど、美空《みそら》市には毎週やって来る。

防音の部屋があるはづきちゃんの家で、声楽のレッスンをしているんだ。はづきちゃんもピアノは弾けるけど、うちのお母さんが出張して歌とピアノのレッスンをしているんだよ。

当然、他の日はダンスや英会話、体力作りに、いろんな映画やミュージカルを観て勉強するんだって。すんごいスケジュールなんだ。

でも、確実に、おんぷちゃんのスキルは上がっていた。

「うちのお母さんも、おんぷちゃんの歌、すっごく上手くなったって言ってた」

「同世代の歌手よりも上手いかもね」

「うっわ、じゃあますます一緒にカラオケできへんやないのー。差ぁつくやろなー」

確かに、あたし達もカラオケは時々行くし、前から音楽は得意だったけど、

「ふふふ、とうとうあたしを超えたんだね、おんぷちゃん」

あたしがドヤ顔で言ったんだけど、

「今度は何のオーディション、受けるんやろなー？」

「最近、続けざまに挑戦しているみたいよ。ミュージカルも受けるつもりで、最近は腹筋やボイストレーニングに力を入れているんだって」

なにー？

あたしのドヤ顔どうしてくれんの？

ツッコミもフォローもなしって。

高校生になって、あたしのポジション、だんだんセンターじゃなくなってる？

◇

次の日曜日は、おんぷちゃんもＭＡＨＯ堂に顔を出し、店内は華やいでいた。

この日は、妹のぽっぷも塾の友達を連れて来てくれた。

ぽっぷの成績は、本人の努力にもかかわらず、カレン女学院の合格ライン上を行ったり来たりしていて、願いが叶《かな》う効果のある腕輪を買いにきたんだ。

「もし、不合格だったら、ＭＡＨＯ堂の魔法グッズはインチキ商品だって、言いふらすからね」

あたしに向かって、相変わらず生意気なこと言っていたんだけど、おんぷちゃんが作業スペースから顔を出して、

「ぽっぷちゃん、その腕輪、私が作ったのよ」

と言って、自分の手首に嵌《は》めていた、ぽっぷと同じ腕輪を振ってみせた。

「おんぷちゃんとお揃《そろ》いなら、大丈夫だね！　よーし、帰って勉強しよっと！」

あたしから、おんぷちゃんが女優として再デビューするために、すごい努力をしているのを聞いていたぽっぷは、おんぷちゃんに手を振りながら、友達と帰っていった。

それから、小学校時代の友達や、今のクラスメート達や、最近馴染《なじ》みになってくれた女子中学生の団体客が何組か来て、午前中は大忙しだった。

おんぷちゃんが手伝いに来てくれたお陰で、なんとかマジョリカとあたしで、やり繰りできた。

午後からは、はづきちゃんとあいちゃんもバイトに来ることになっていた。

「久しぶりに、看板娘四人が集まるのか」

マジョリカもララも自然に笑みがこぼれていた。


午後になり、はづきちゃんとあいちゃんが来たんで、あたしは少し遅いランチにありつくことができた。

休憩の間、あたしは作業スペースから、大親友三人の働きぶりを見ていた。

三人とも、こっちが羨《うらや》ましくなるほど、生き生きとしていた。

それに比べて、あたしときたら……。

「あ〜〜あ」

大きな溜《た》め息《いき》をついていると、

「どうしたの、どれみちゃん？」

はづきちゃんが、淹《い》れたての紅茶を持ってきてくれた。

「なんかね、なんかね、おんぷちゃんやはづきちゃん、あいちゃんも、目標があって、頑張ってるよね。とっても生き生きしててさ、羨ましくなっちゃったよ」

「そんな、羨ましがるほど、すごいことじゃないわ」

目標があるのはいいけど、それ以外何も見えないんじゃ意味ないわって、はづきちゃんは言うんだ。きっと、レッスン以外にも、いろんなことを知って、経験することも重要なんじゃないかって。

「私はヴァイオリンが大好きだから、毎日毎日レッスンしているけれど、天才じゃないし、プロにもなれないかもしれない。今は私の音を誰《だれ》かに届けたいって思っているだけ」

あいちゃんもそんなこと考えながら部活やってるのかな。

「はぁー、でもさ。なんにも持ってなくて、大して頑張ってもいないあたしが親友なんていって、困ってない？」

「はあー？」

ハモりながら声が聞こえた。

「あいちゃん……おんぷちゃん！」

あいちゃんとおんぷちゃんが紅茶を持って話に加わってきた。

「どれみちゃんは、自分のいいトコ、全然分かってないわね」

「まあなー、なーんも知らんトコも、どれみちゃんらしいゆうか」

「ホントよ、どれみちゃん。いいところが何もない人なんて、いるわけないじゃない」

「にしても、最近そーゆー発言多いんとちゃう？」

三人が言うように、あたしのいいところが本当にあるのかは分からないけれど、本気で言ってるのは分かった。

「他人と自分を比べるなんて、どれみちゃんらしくないわよ」

「そう？　うん、そうだよね。ゴメン」

「そうや。素直さが大切やで」

自分には分からないものなのかなぁ。

それにしても、あたしも早く何か見つかるといいなぁ。

んんん？　誰《だれ》もハッキリ言えないってことは、あたしのいいところって、具体的には何もないってこと？

◇

翌日、授業中にも、そんなことを考えながらぼんやりしているところを、レオンに見つかり、みんなの前で、ネチネチ説教された。

学校の外では、なぜかカッコイイ先生なんだけど、校内では、意外と厳しいんだよ。

「春風《はるかぜ》、たるみすぎだぞ！　顔洗ってこいっ！」

「はいはい……」

「はいは一回だけでいい！　ついでに、トイレ掃除もやってこいっ！」

「ええ——っ！」

「そこは、はいだろ！」

「はーい……」

結局、すぐに休み時間になり、トイレ掃除は、あいちゃんも手伝ってくれた。

「なんや、まだ昨日のことで、クヨクヨしてたん？」

「だってさ、結局、三人とも、あたしのいいトコ、一つも言ってくれなかったじゃん」

「そ、それは……」

「ほーら、一つもないいじゃない」

「そんなことない。そやな、まずは『ステーキ』と聞いただけで、すぐ笑顔になるとこやろ」

「そりゃあもう！」

と、あたしはヨダレまで垂らしてニンマリしたが、慌てて、

「それのどこがいいトコよ！」

と、ツッコミを入れた。

「はは、冗談や。でも、どれみちゃんのいいトコなら、あたしでも、はづきちゃんでも、おんぷちゃんでも、三〇コ以上は言えると思う」

あいちゃんが言った時、

「ももも言えるョ！」

と、トイレの窓のほうから、聞き覚えのある声が聞こえてきた。

「ん？」

あたし達が窓を振り返ると、見覚えがある黄色い帽子がチラッと見えて、引っ込むのが見えた。

「んん？」

あたしとあいちゃんは、思わず目をゴシゴシ擦《こす》って、もう一度見ると、なんと、魔女見習い姿の懐かしい顔が現れた。

飛鳥《あすか》ももこちゃんだった。
「ハロー！」
なんて言ってる場合か！　しかも、ホウキ乗って飛んでるし！
他の生徒に見つかったら、どうするのよ！
ああっ、どうなるんだ？
小竹《こたけ》との決着もついてないし……。
おんぷちゃんの再デビューも決まってないし……。
とりあえず、一六歳になったおジャ魔女どれみの物語は、ここでおしまい。
続きは、次の巻でね！
ハッピーラッキー、みんなに届け！

（2巻につづく）

千葉《ちば》千恵巳《ちえみ》（春風《はるかぜ》どれみ役）インタビュー

――ご感想はいかがでしたか？

最初、どれみちゃんたちが16歳になるって聞いた時、ものすごく興味がわいてどんなふうになるのか楽しみでした。でも16歳のどれみって「どんなふうになっているんだろう？」って想像がつかなかったです。

でも原稿をいただいて「ふん、ふん、なるほど」と感動しながら読んでいました。読んでいて裏切られなかったです。ちゃんと16歳になっているにもかかわらず世界観はそのまま。特におんぷちゃんはアニメ本編でもみんな（どれみ、はづき、あいこ）とスタートが違うんです。今回もそんな感じの始まりで、みんなのリアクションも相変わらずで全然期待を裏切らない。テレビアニメの最終回でみんながバラバラの学校に行ってしまうのですけど、運命に導かれるというか、自然にみんなが集まってくる流れになっていて、「絆《きずな》」を感じました。どれみも本当にあのまま大きくなって、でもちょっとだけお姉さんになっている感じがします（笑）。

——アニメ本編の思い出を聞かせてください。

どれみはオーディションが三次まであったんですよ。二次オーディションが終わった時にぽっぷ役の石毛佐和《いしげさわ》ちゃんから、

「どれみ役になる子って、ちょっと変わっている子が欲しいってオーディション資料に書いてあったよ」

って、聞かされて「ええっ⁉」と思ったんですけど、アニメ本編が進むにつれてなんだか納得してきました（笑）。

初めて全員（藤原《ふじわら》はづき役の秋谷智子《あきやともこ》さんと妹尾《せのお》あいこ役の松岡由貴《まつおかゆき》さん）で顔合わせしたのはオープニング曲の収録だったんですよね。まだ作品を演じる前だったので作品の雰囲気はまだ摑《つか》みきれていなかったんですが、みんなとにかく勢いでいこう！　という感じで収録したのを覚えています。

あとはどれみ大好きですって言ってくれた子供たちにたくさん会えたのは嬉《うれ》しかったですね。イベントで呼んでいただいた時に小学校2年生くらいの女の子から、

「どうして、どれみの目は赤いんですか？」

と訊《き》かれて、なんとか上手《うま》く返さなきゃってしどろもどろになって、

「ウ、ウサギが好きだから……」

なんて答えたこともありました（笑）。

――千葉さんの16歳はどんな感じでしたか？

ちょうどお仕事を始めた年でした。でも、学校に行って、お仕事に行って、家に帰ったら学校の課題《レポート》を書いて……という感じでした。とにかく提出物が多かったんですよ！　服装系の学校だったので何着も作らないといけないし、デザインも何種類も提出しなくちゃいけなくて……。

今思うとちょっと背伸びをしていたんだと思います。年上の方々とお仕事することがほとんどだったので、私は少し同級生たちとは違うのよ、ふふん的な。だから今になってみると、こんなどれみちゃんたちのような16歳を送っておきたかったですね。同級生たちと放課後をすごしたりするのは、あの時期しかできないんですよね〜。むしろ今はどれみちゃんたちがうらやましいです。

――今後の展開で気になるキャラクターは？

ももちゃん！（断言）　とにかくももちゃんが気になって気になって仕方がありません。ハナちゃんは二巻目からの展開が楽しみですね〜。

あとは担任の八巻《やまき》先生が気になります。今までのどれみには出てこなかったタイプなので、すっごく気になります。

——最後に読者に向けてメッセージをお願いします。

私も本当にワクワクして読ませていただきました。読者のみなさんもいっしょにこの大きくなったどれみの世界を楽しんでください。

二〇一一年八月
東映アニメーションにて

おジャ魔女どれみ16

スタッフ

原作：東堂いづみ
著：栗山 緑
イラスト：馬越嘉彦

プロデューサー
関 弘美（東映アニメーション）

協力
金子博亘（K-Boss）

デザイン
出口竜也
新保宗近
（有限会社 竜プロ）

講談社ラノベ文庫

おジャ魔女《まじょ》どれみ16

原作：東堂《とうどう》いづみ　著：栗山緑《くりやまみどり》

2011年12月2日第1刷発行

発行者	清水保雅
発行所	株式会社　講談社 〒112-8001 東京都文京区音羽2-12-21
電話	出版部　(03)-5395-3715 販売部　(03)-5395-3608 業務部　(03)-5395-3603
デザイン	有限会社　竜プロ
本文データ制作	講談社デジタル製作部
印刷	豊国印刷株式会社
製本	株式会社フォーネット社

落丁本・乱丁本は購入書店名を明記のうえ、小社業務部あてにお送りください。送料は小社負担にてお取り替えいたします。なお、この本の内容についてのお問い合わせはラノベ文庫出版部あてにお願いいたします。

ISBN978-4-06-375206-9　N.D.C.913　306p　15cm
定価はカバーに表示してあります　

イラスト・藤島康介
ラノベ文庫新人賞
第2回締め切りは2012年4月30日（当日消印有効）
KODANSHA LIGHTNOVEL
講談社ラノベ文庫
2大新人賞募集中!!
ラノベ
チャレンジカップ
第2回締め切りは
2012年10月31日（当日消印有効）
イラスト／籠目
詳細はラノベ文庫公式ホームページ
http://kc.kodansha.co.jp/ln まで
※上記のアドレス末尾の"ln"のlはアルファベット小文字のl（エル）です。

KODANSHA LIGHTNOVEL

第2回「講談社ラノベ文庫新人賞」大募集!!

「講談社ラノベ文庫」では、好評を博した前回に引き続き「第2回ラノベ文庫新人賞」を募集開始します。みなさんの傑作ふるってご応募ください。

賞金		
大賞	優秀賞	佳作
300万円	100万円	30万円

●募集内容
主な対象読者を10代中盤〜20代前半の男性と想定した長編小説。ファンタジー、学園、ミステリー、恋愛、歴史、ホラーほかジャンルは問いません。

●応募資格　不問

●応募規定
未発表の日本語で書かれたオリジナル作品に限ります（他の公募に応募中の作品は不可）。日本語の縦書きで、1ページ40文字×34行の書式で100〜150枚。原稿は必ずワープロまたはパソコンでA4横使用の紙に出力してください（感熱紙への印刷、両面印刷は不可）。手書き原稿、フロッピーやCD-Rなど記録メディアでの応募は不可となります。

ラノベ文庫公式ホームページ（http://kc.kodansha.co.jp/ln）から専用エントリーシートをダウンロードし、そこに作品タイトル、郵便番号、住所、氏名（本名、ペンネーム使用の場合はペンネームも併記）、年齢、性別、電話番号、メールアドレス（ある方のみ・PC用推奨）、略歴・応募歴、原稿枚数を明記してください。
❶エントリーシート　❷作品タイトルとあらすじを書いた紙（あらすじは800字以内で書いてください）　❸応募作品本体（必ず順番にページをふること）の順に重ねて、右上をダブルクリップで綴じて送ってください。

●選考委員(敬称略)
平坂 読（ライトノベル作家・代表作『僕は友達が少ない』他）
藤島康介（漫画家、イラストレーター・代表作『ああっ女神さまっ』他）
大沼 心（アニメーション監督、演出家・代表作『バカとテストと召喚獣』他）
渡辺 協（講談社ラノベ文庫編集長）

●あて先
〒112-8001 東京都文京区音羽2-12-21
㈱講談社ラノベ文庫編集部『第2回ラノベ文庫新人賞』係
電話▶03-5395-3715　　メールアドレス▶k-ln@kodansha.co.jp

次代のラノベ界を制覇してみませんか!!

●締め切り　2012年4月30日（当日消印有効）

●発表
2012年発売の文庫挟み込みチラシとラノベ文庫公式ホームページにて発表予定。なお、審査についてのお問い合わせにはお答えできません。

●1次選考通過者以上の方には評価シートをお送りします。

[注意事項]
※複数応募可。ただし、1作品ずつ別送のこと。応募作品は返却しません。
※受賞作品の出版権等は株式会社講談社に帰属します。
※営利を目的とせず運営される個人のウェブサイトや同人誌等での作品掲載は、未発表と見なし応募を受け付けます（掲載したサイト名または同人誌名を明記のこと）。

イラスト／藤島康介

詳細は講談社ラノベ文庫公式ホームページ
http://kc.kodansha.co.jp/lnまで

※メールおよびホームページアドレス末尾の文字“ln”のlはアルファベット小文字のl（エル）です。

KODANSHA LIGHTNOVEL SHINJINSHOU